CHRISTINE EICHEL

Gefecht in fünf Gängen

Buch

Glanzvoll hatte es werden sollen und karrierefördernd – das Abendessen, zu dem die ehrgeizige Theaterkritikerin Stefanie Krug geladen hat. Ein Gipfeltreffen der Kulturbranche hat sie inszeniert. Alle sind sie da – vom gefeierten Verleger über den geistreichen Kunstkolumnisten bis zur schillernden Kulturmanagerin. Und alle versuchen sie, sich in Szene zu setzen. Ein gaumenfreudiges und scharfzüngiges Geplänkel entsteht, voller Klatsch und Intrigen, in dem jeder seine Strategie verfolgt. Doch dann kommt alles ganz anders. Der Abend gerät zunehmend aus den Fugen. Im tragikomischen Wechselspiel von Geist und Fleisch taumeln Gäste und Gastgeber zwischen erotischen Verwirrungen und lustvollen Entgleisungen.

In ihrem ersten Roman erzählt Christine Eichel furios, komisch und intelligent von Karrieren, Liebe und Verrat, von Sehnsucht und Anarchie. Das Essen wird zur Bühne, auf der zwischen Eßtisch und Küche bissig und leidenschaftlich genossen und gefochten, geliebt und gelitten wird.

»Brüllend komisch wie ein Loriot-Sketch, absurd wie das berühmte ›Dinner for One‹ . . . Ein kurzweiliges Lesevergnügen!«
Hamburger Abendblatt

»Scampi an spätem Hölderlin: eine amüsante, kluge Satire auf das Gelaber der Kulturschickeria.«
Die Woche

Autorin

Christine Eichel, 1959 geboren, studierte Philosophie, Literaturwissenschaft und Musikwissenschaft in Hamburg. Ihre Dissertation über Theodor W. Adorno erschien 1993 unter dem Titel »Vom Ermatten der Avantgarde zur Vernetzung der Künste«. Seit 1984 ist sie Autorin und Regisseurin fürs Fernsehen mit Features über Philosophie, Musik und Zeitgeschehen sowie Moderatorin der NDR-Talk-Sendung »Ohne Wenn und Amen«.
Christine Eichel lebt als freie Autorin in Wiesbaden.

Christine Eichel

Gefecht in fünf Gängen

Ein Roman mit Rezepten

GOLDMANN

Umwelthinweis:
Alle bedruckten Materialien dieses Taschenbuches
sind chlorfrei und umweltschonend.

Der Goldmann Verlag
ist ein Unternehmen der Verlagsgruppe Bertelsmann GmbH.

Genehmigte Taschenbuchausgabe 3/2000

Umschlaggestaltung: Design Team München
Umschlagfoto: Zefa/Masterfile
Satz: DTP-Service Apel, Hannover
Druck: Elsnerdruck, Berlin
Verlagsnummer: 44547
CN · Herstellung: Sebastian Strohmaier
Made in Germany
ISBN 3-442-44547-7

1 3 5 7 9 10 8 6 4 2

Für
Hans Platschek

Tischordnung

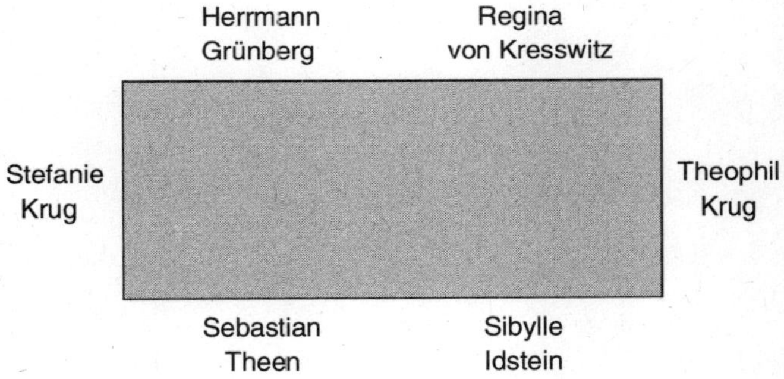

Zitternde Stille. Die Unschuld weißer Servietten. Das fette Leuchten von Lachs.

Theophil Krug rieb verstohlen Asche in den Teppich. Unentschlossen stand er im Eßzimmer, in der Wohnung, die schon nicht mehr die seine war. Jedesmal, wenn sie ein Essen gaben, wurde ihm das Vertraute seltsam fremd, den fremden Blick schon vorwegnehmend, der sich darauf richten würde. Er warf die Zigarette aus dem offenen Fenster. Was für eine Zumutung, die eigene Wohnung so nackt und bloß preisgeben zu müssen. In Feindeshand. Feindesland.

Seufzend griff er nach seinem Bierglas.

Früher, so dachte er, gab es Repräsentationsräume und Privatgemächer, säuberlich voneinander getrennt. Gesetztes Essen, naja. Wir haben den Lebensstil der Bourgeoisie übernommen, ohne uns deren Wohnungen leisten zu können.

Rotwein atmete träge in Glaskaraffen. Ein wattierter Duft von Fischsud zog durch die Wohnung. Reglos lag das Lamm, einbalsamiert in Honig, Kräutern, Öl. Im Kühlschrank erstarrte eine Limettenmousse, buttrig und zufrieden; sie verdaute sechs Eidotter. Im

Hinterhof staute sich der immer gleiche Dunst aus klappernden Küchengeräuschen, quengelnden Kindern und keuchenden Paaren, während eine blaßrote Sonne sich vorzeitig in den Wolken davonmachte.

Nicht, daß sie diese Einladungen besonders mochten. Sie waren aufwendig und mühevoll und noch dazu von ungewissem Ausgang.

Stefanie Krug zupfte Gräten aus dem Lachs. Wasserdampf kondensierte an den Jugendstilkacheln. Abfälle verrotteten in der Plastiktüte, die an der Türklinke hing. Theophil schlenderte mit seinem Glas in die Küche und beobachtete mit dem Interesse eines zerstreuten Ethnologen die Handgriffe, die dem Essen vorangingen.

»Ist doch irgendwie eklig«, sagte er. »Erst zupfst du dir wer weiß was damit heraus und dann die Gräten, also wirklich ...« *»Das ist ei-ne Fisch-pin-zet-te«*, erwiderte Stefanie, ohne aufzusehen, wobei sie die Silben betonte, als spreche sie mit einem schwer gestörten Kind.

»Den Haußmann hätten wir noch einladen können«, sagte Theophil und nahm ein Stück Tomate vom Küchentisch. »Der wäre mal wieder dran.«

»Um Gottes willen, diese schrecklichen Kunsthistoriker kann ich nicht mehr sehen. Diese grenzenlose Unsinnlichkeit, diese Angst vor den eigenen Augen.« Stefanie sah zu Theophil auf. »Eidetiker versus Detaillisten, Ikonoklasmus versus Ideogramm, ich bitte dich. Das sind visuelle Analphabeten. Der Haußmann würde doch die Bilder am liebsten verbrennen, bevor er sie befragt.«

Theophil lächelte apathisch. »Meine Güte, streng' dich nicht so an, wir sind doch schon verheiratet!«

Stefanies Augen wurden schmal. Sie schob den Fisch beiseite und zog die Plastikhandschuhe aus. Dann ergriff sie ein Messer und löste mit entschlossener Geste ein Stück Fleisch vom Knochen.

»Das Mitleid des Henkers ist ein scharfer Schnitt«, sagte sie mit jener Mischung aus Langeweile und Trotz, die bei eingespielten Ehepaaren manchmal aufbricht.

»Schon besser«, sagte Theophil. »Brecht?«

»Nein, Ernst Jünger.«

Schalotten, kurz und klein gehackt, schweres Haselnußöl, das sich nur widerwillig mit dunklem Essig vermischte. Daneben warteten die Entenbrüste, sie glänzten matt und schienen leicht zu schwellen. Stefanie sah gern zu, wie sie in die Pfanne glitten und eines zweiten, schönen Todes starben.

Diese Bonsai-Tomaten sind im Grunde höchst albern, aber irgendwie nett. Tomatenrot, das klingt so platt. Ich habe meinen Lieblingslippenstift verloren. Ob Maria ihn genommen hat?

Es war kein sehr außergewöhnlicher Tisch. Länger als breit. Darauf schweres Leinen, erworben, nicht ererbt. Der Mittelpunkt der Welt. Alles Wünschen, alle Pläne standen noch still, aber man meinte es schon zu hören, ein Murmeln noch, ein Geflecht von

Stimmen, eine vibrierende Klangfläche, aus der sich dann und wann erste Sopran-Linien und Baß-Kantilenen abhoben, während gleichzeitig das Ganze von wellenartigen Schwankungen der Lautstärke bewegt wurde, sich dehnte und zusammenzog, kleine störrische Binnen-Rhythmen entwickelte, Blasen warf und dann plötzlich wieder in sich zusammenfiel und erlosch, bis eine erlösende Stimme den vertrackten Mechanismus wieder in Bewegung setzte.

Theophil stand unschlüssig im Flur und nahm einige schnelle Schlucke Bier. Zu warm, immer zu warm. Dennoch trank er weiter. Er spürte, es war ein Akt vorauseilenden Widerstandes gegen den Wein, den er heute abend im Glas haben würde. Doch, doch, er mochte Wein, aber reflexhaft lehnte er sich noch immer gegen diese Rituale auf. Gesetztes Essen, hm, ja.

Er war um die fünfzig. Aber es war ihm noch immer nicht gelungen, das Lebensgefühl des Studenten zu vertauschen mit dem der »unhappy few«, wie er gern sagte. Die nächste Generation war da nicht so heikel. Klar, er kannte diese leichtfertigen Typen, die jetzt überall Karriere machten. Die sorglose Heiterkeit, mit der die Nachgeborenen Adorno im Munde führten und auf die Malediven fuhren, die Taktlosigkeit, mit der sie Bob Dylan im Saab Cabrio hörten.

Theophil hingegen war zu einer Zeit groß geworden, als Luxus noch ein Geschenk gewesen war, das überdies nur mit ironischen Kommentaren genossen wurde – »Austern sind doch mehr ein bourgeoises Symbol als ein Nahrungsmittel, also erlösen wir sie von ihrem dekadenten Odeur, eßt, eßt, es sind die Früchte des Meeres, unschuldig sind sie und so weiter.«

Und die wichtigen Dinge waren wirklich wichtig gewesen, mit einer Aura von Protest und Askese.

Doch, er genoß die fein ersonnene Abfolge verschiedener Gänge, aber gerade dann träumte er von Frikadellen und Spiegelei.

Theophil trat vor den großen Spiegel im Flur. Mechanisch neigte er den Kopf, so wie er es immer vor dem Spiegel tat, um die tonsurartige kahle Stelle auf seinem Hinterkopf zu betrachten. Halb so schlimm, von vorn jedenfalls konnte man sie nur ahnen. Theophil war groß, mit weichen grauen Augen, die er hinter einer Hornbrille schützte, und einem zarten Mund, der im Laufe der Jahre eine kleine, verlorene Linie geworden war. So als hätte ein Maler vergessen, die skizzenhafte Andeutung mit Farbe zu füllen.

Sein Beruf hatte ihm erlaubt, eine eigenwillige Mischung aus Phlegma und Melancholie zu kultivieren. Theophil war Redakteur bei einem öffentlich-rechtlichen Radiosender. Gern bezeichnete er sich selbst als Fossil aus besseren Zeiten, denn mittlerweile füllte er nur noch eine winzige, wenn auch exklusive Programm-Nische weit nach Mitternacht. Und da diese Nische sich nur alle zwei Monate auftat, konnte er seinen Ruf als Spezialist für das Hochfeine mit einem Minimum an Arbeitszeit aufrechterhalten. So blieb ihm viel Zeit, über seine Vergangenheit nachzusinnen, die ihm heroisch erschien.

Zaudernd steuerte er die Toilette an, um noch ein wenig Zeitung zu lesen. Unbehauste Wartezeit.

Stefanie klappte zufrieden den Kühlschrank zu und eilte mit federnden Schritten in ihr Schlafzimmer. Na also, endlich fertig mit dieser cuisinären Sklaverei. Das nächste Mal werde ich einen Koch engagieren, ist doch würdelos, dieser kindische Ehrgeiz, auch noch den Küchendepp zu spielen.

Was sollte sie bloß anziehen? Großer Auftritt? Oder lieber Understatement? Noch einmal ging sie in Gedanken die Gästeliste durch.

Ihr fiel die alte Anekdote ein, in der die Sängerin vor der Premiere durch den Vorhang ins Publikum blickt und in den vorderen Reihen die Kritiker sitzen sieht, worauf sie sinnend sagt: »Ich habe gehört, Kritiker seien käuflich – na, so wie die aussehen, können die nicht teuer sein.«

Stefanie lächelte sich Mut zu. Verloren stand sie vor dem wandfüllenden Spiegel mit der Ballettstange und betrachtete sich. Ginger Rogers, jajaja. Der blonde Traum.

Sie ließ ihr Haar nach wie vor bleichen und in mädchenhafte Locken legen, so wie seit Jahrzehnten. Sie war immer gebräunt. Es war jenes gelbliche Braun, das solide ist wie durchgegerbtes Leder. Stefanie war diszipliniert. Die Sonnenbank gehörte zu ihrem *health-program,* wie sie es nannte. Sie war ein paar Jahre älter als Theophil und gab sich alle Mühe, ein paar Jahre jünger auszusehen als er.

Mechanisch schüttelte sie ihre blonden Locken. Der Kontrast zum hart gewordenen Gesicht wurde zusehends deutlicher, aber sie nahm das nicht wahr, und noch weniger tat es Theophil, der ihr Bild in sich trug und irgendwann vergessen hatte nachzusehen, ob dieses Bild noch mit der Wirklichkeit übereinstimmte.

Was ihre Arbeit als Kritikerin betraf, sah er genauer hin. Aus der Blüte ihrer Mädchenträume war, wie Theophil manchmal scherzhaft sagte, die Blüte ihrer Niedertracht geworden. Eine Weile hatte sie darüber lachen können. Sie war berühmt dafür, daß sie strauchelnde Tänzer und lispelnde Schauspielerinnen durch sorgfältigen Spott erledigte. Und immer, wenn sie dann das Gift ins Manuskript absonderte, vertieften sich unter und über ihren Lidern die seltsamen horizontalen Falten, die drohten, die Augen mit der Zeit völlig einzulagern, bis sie eines Tages verschwinden würden. Sehschlitze, Schießscharten. Früher hatte sie keine Haut gehabt. Jetzt hatte sie einen Panzer.

Sie wählte ein hochgeschlossenes, silbrig schimmerndes Etuikleid.

»Vorhang auf!« sagte sie ohne Lächeln.

Meine Güte, dieser Sebastian Theen!

Er setzte sich mit leicht vorwurfsvollem Blick auf

die Couch, die er damit als unbequem disqualifizierte, und nahm einen Schluck Champagner. Die Stimmen mischten sich zögernd in Vorgeplänkeln.

»Die Genauigkeit«, sagte Sebastian Theen plötzlich, und man spürte, daß sich für ihn hinter diesem eher buchhalterisch klingenden Wort ein Kosmos unerhörter Verfeinerungen auftat, »sie ist das Wichtigste.«

Stefanie betrachtete ihn mit mütterlicher Nachsicht. Dieser Mann hatte wirklich seine Kindheit in die Tasche gesteckt und sie darin warm und dunkel aufbewahrt. Ein Schatz, der ihn verletzlich und stark zugleich machte. Es war etwas von der Totalität des Wünschens an ihm, der unbeirrte Anspruch eines Kindes, das schmerzhaft genaue Vorstellungen der ersehnten Dinge hat. Und so wie das Kind präzise wünscht, litt er an der Unzulänglichkeit der Welt und genoß die Wonnen der Erfüllung.

Man sah ihm das tiefe Behagen an, wenn eine Weste genau die Anzahl Knöpfe hatte, die ihm die einzig mögliche schien, wenn der Schnitt einer Jacke zu jener Mischung aus Eleganz und Beiläufigkeit geriet, die sein nicht endenwollendes Gefühl der Schutzlosigkeit milderte, wenn der Kragen des Maßhemdes sich an seinen Hals schmiegte wie eine Baumwollwindel an einen Babypo.

Das waren glückliche Gewißheiten.

Sibylle Idstein hatte neben ihm auf der Couch Platz genommen und gab sich alle Mühe, ihre Erregung zu verbergen. Sebastian Theen, Sebastian Theen, flüsterte es in ihr. Damals, da war er ihr als Gott erschienen, der Herr der Bücher, der Herrscher über das Reich, das Öffentlichkeit hieß, der Mann, dem sie ihre Texte geschickt hatte, mit der bangen Bitte um ein Urteil und mit der brennenden Hoffnung auf eine Veröffentlichung. Nie hatte sie eine Antwort erhalten.

Und nun saß er einfach so da.

Sibylle betrachtete ihn verstohlen. Er war überraschend klein und begann ein wenig rundlich zu werden, was ihm ausnehmend gut stand. Deutlich wölbte sich die Weste über seinem Bäuchlein, das er offensichtlich nicht zu kaschieren versuchte. In seinem teuren dunkelgrauen Anzug, mit seinem streng zurückgekämmten dunkelbraunen Haar und dem kecken Kinnbärtchen wirkte er so gepflegt und appetitlich wie der Maître eines Luxusrestaurants.

Nur seine Augen, dachte Sibylle, mit seinen Augen stimmt etwas nicht. Braune Augen, die völlig opak wirken, nutellabraun. Undurchsichtig.

Er roch gut. Sibylle genoß diesen Männergeruch, Rasierwasser und Zigarre, Leder, ein gestärktes Hemd. Aahh. Sebastian Theen.

Meist hatte er einen eigentümlich beleidigten Gesichtsausdruck, die Mundwinkel herabgezogen. Ein Anflug gelangweilten Ekels war da in seinem Gesicht, und dann, ja, dann war da dieses Lachen. Alle erwarteten es, und die Ruhe der Unterhaltung erzitterte schon im voraus durch die ekstatische Atemlosigkeit dieser verzweifelten Lachausbrüche. Mondscheinneurotisch, eine nicht endenwollende Folge unkontrollierter Spasmen, tieftraurig und ungemein unterhaltsam.

Sibylle Idstein genoß wohl am meisten diese Ruhe vor dem Sturm. Sie hatte von Sebastian Theens seltsamen Ausbrüchen gehört und war voller Neugier darauf, ob der äußerst kontrollierte Herr neben ihr sich tatsächlich willenlos der Heiterkeit überlassen würde, wenn es denn Heiterkeit war. Ihr feines Gesicht zeigte Spuren von Müdigkeit, doch Sebastians Nähe und die beunruhigende unterirdische Gegenwart seiner Lachlust steigerten ihre Konversation zu altmodischer Koketterie. Sie schmeichelte Sebastian mit entlegenen Fremdwörtern, sie gurrte, sie glühte. Sie tupfte Wörter wie *clandestin* und *musivisch* in das Aquarell ihrer Sätze.

Gefallsucht, die Königin der gesellschaftlichen Tugenden, legte sich wie Tau auf die Gesichter.

»Es gefällt mir, wie entflammbar Sie sind, daran kann ich selbst mich entzünden!« rief Sebastian Theen gerade.

Sibylle und er genossen die Gesuchtheit gewisser Formulierungen, sie setzten sie auf wie exzentrische Hüte. Schalk und Eifer strahlte ihnen fiebrig aus den Augen, wenn wieder so ein kostbar funkelndes Stück durch ihre Finger glitt. Es war die Naschsucht, die sie in die Delikatessenläden der Sprache trieb, kostend und kauend und saugend mit einer Sinnlichkeit, die erstaunlich war, wenn man die Kargheit ihrer sonstigen Vergnügungen kannte.

Stefanie lehnte an einem Sessel und betrachtete die beiden mit Wohlgefallen. Sibylle und Sebastian, sieh mal an. Stefanie war erhitzt vom Kochen und hörte nur obenhin zu. Ihre Gedanken wanderten zum Zoo der toten Tiere. Ente, Fisch und Lamm.

Theophil saß versunken in einem zweiten Sessel und trank seinen Champagner. Zu warm, immer zu warm. Er zündete sich eine Zigarette an. Gedankenverloren beobachtete er die Szene gegenüber. Dieser Sebastian Theen war rettungslos prätentiös, aber Sibylle gefiel ihm. Kaum zu glauben, wie sie auf diesen Schwätzer flog.

Sebastian war ohne weitere Umschweife zu seinem Lieblingsthema gelangt.

»Ist es nicht vielleicht so«, wandte er sich an Sibylle, »daß wir nur deshalb der Kunst anhängen, weil wir eine Sehnsucht nach fremden Empfindungen haben, nicht aus Neugier, sondern weil wir diese Gefühle und Empfindungen, veredelt durch die Form des Kunstwerks, als kostbare Gefäße begrüßen, in die wir dankbar unsere kleinen, manchmal geradezu dürftigen Gefühls-Rinnsale träufeln? Da ruhen sie dann in geschmückten Phiolen und wirken nicht mehr gar so unbedeutend. Ja, vielleicht ist da so etwas wie die uneingestandene Hoffnung, das Gefäß möge den Inhalt adeln, es könne vielleicht ein unmerkliches Aroma der schönen Hülle an die schale Flüssigkeit übergehen.«

»Was für ein schöner und trauriger Gedanke«, erwiderte Sibylle, »strahlend und umflort zugleich.«

Sebastian Theen ergriff dankbar ihre Hand und deutete einen Kuß an.

Sibylle Idstein schlug die Beine übereinander. Ihre Lider waren leicht geschwollen und unter ihren hellgrünen Augen lagen dunkle Schatten, was ihrem Blick etwas altmodisch Verworfenes gab. Die rötlichen Haare trug sie kinnkurz und gescheitelt, und wenn sie auch unzweifelhaft weiblich wirkte, so war doch etwas um sie von einem frechen Knaben, etwas Keckes und Respektloses. Sie lehnte sich zurück. Theophil sah, daß sie halterlose Strümpfe trug.

»Und woran arbeiten Sie gerade?« fragte sie Sebastian Theen.

Diese Frage gehörte zum Fundus der Floskeln wie eine Begrüßungsformel.

»Meine ganze Aufmerksamkeit gilt zur Zeit dem – Delay«, antwortete er und forschte in Sibylles Gesicht nach einer Reaktion auf dieses Wort.

Sebastian Theen verlegte in seinem »Literatur-Kontor« Bücher, die so geschmäcklerisch waren, daß man süchtig wurde und gleichzeitig das Gefühl hatte, sich permanent zu überfressen. Von Zeit zu Zeit schrieb er selbst – zu Büchern aufgeblasene Essays, in denen er seinen Snobismus ausstellte. In seinem letzten Werk hatte er das Verschwinden des Personals beklagt, den Verlust der Hauslehrer und Butler, ohne die ihm das Leben banal erschien. Allen war ein Rätsel, wie er so was unter die Leute brachte, doch offenbar verfügte er über solide Rücklagen, die es ihm erlaubten, seine kapriziösen Liebhabereien zu pflegen.

»Delay – wie spannend«, sagte Sibylle zögernd, mit einem anerkennenden Lächeln, um Zeit zu gewinnen.

Was meinte er nur? Er gab ja wohl keine Anthologie europäischer Flugpläne heraus. Welchen Trend hatte sie nun wieder verpaßt?

Zum Glück klingelte es.

Unwillkürlich blickten alle zur Tür. Sekunden später glitt Herrmann Grünberg ins Wohnzimmer, die Taschen seines italienischen Anzugs vollgestopft mit Zigarettenschachteln.

Theophil und Sebastian erhoben sich umständlich aus den Polstern. Sibylle blieb sitzen und musterte den Neuzugang.

Herrmann Grünberg war es gelungen, dekorativ zu altern, mit jener leicht abwesenden Mißgelauntheit des Latin Lovers, die einst die Frauen herausgefordert hatte. Seine weißen Haare waren kurz geschnitten, und sein vogelartiges Gesicht war bedeckt von hellen Bartstoppeln. Eine riesige schwarze Brille gab ihm das Aussehen eines maskierten Agenten. Herrmanns dunkelblauer Anzug saß tadellos. Er kaufte seine Anzüge von der Stange, ließ sich aber von einem

Schneider stets die Knopflöcher der Ärmel durchschlagen, und es gefiel ihm, scheinbar ins Gespräch vertieft, einen der Ärmelknöpfe zu öffnen, so daß ein aufmerksames Gegenüber einen Maßanzug vermuten mußte.

Seine Eleganz war die Uniform des Haltlosen, und seine Umgangsformen waren so untadelig, daß sie an Heuchelei grenzten. Er bewohnte ein exotisches Land zwischen Bildern und Büchern und war vernarrt in Klatsch. Daß er offenbar über Geld verfügte, verlieh seiner Existenz etwas Romanhaftes. Über die Herkunft seines Vermögens wurde unablässig spekuliert; man munkelte von Heroin, seit kurzem auch von der Stasi. Kunstkenner schätzten ihn wegen seiner boshaften Kolumne im Branchenblatt *»Kult«*, in der er zu Aphorismen eingedampfte Kunstkommentare schrieb, die ihm mit der Zeit ehrenvolle Feindschaften eingetragen hatten.

Herrmann streckte die Hand nach dem Champagnerglas aus, das Theophil ihm reichte, nickte kurz in die Runde und rückte dann seine Brille zurecht.

Routiniert betrachtete er die Bilder an den Wänden, ohne sich irgendeine Regung anmerken zu lassen, und sagte Stefanie etwas Nettes zu ihrem Kleid.

»Aber Herrmann, seien Sie nicht so herzlos! Wie finden Sie diese beiden neuen Bilder?« fragte Stefanie und hakte sich bei ihm ein.

Herrmann Grünberg zwinkerte Sibylle Idstein zu: »Auch Geld schützt oft vor Torheit nicht. Darf ich mich Ihnen vorstellen? Herrmann Grünberg, ein Märtyrer der Künste –«, worauf er sich kurz verbeugte.

»Wir kaufen junge Künstler«, erklärte Theophil ohne Überzeugung.

»Junge Künstler, was soll das sein?« Herrmann hob leicht eine Augenbraue.

»Welchen jungen Künstler schätzen Sie denn?« fragte Sibylle.

»Diego Velasquez. Das ist ein guter junger Künstler.«

»Wir setzen uns eben bewußt der zeitgenössischen Kunst aus«, versuchte es nun Stefanie, »wissen Sie, wir finden, daß man auch einmal etwas wagen sollte, man muß sich auch einmal reiben können an einem Bild, sich daran abarbeiten, Kunst ist Überraschung, Kunst ist Abenteuer, und ein Sammler ist ja letztlich nichts anderes als ein Abenteurer, ein Freibeuter im Meer der Bilder.«

»Sammeln, liebe Stefanie, sammeln fängt erst dann an, wenn die Wände voll sind«, konterte Herrmann mit einem liebenswürdigen Lächeln, während Theophil sich demonstrativ wieder in seinen Sessel fallen ließ. Er hatte ja recht, dieser Grünberg. Oh Gott, es gab wirklich nichts Peinlicheres als Prätention, und Stefanie war nicht gerade frei davon. Furchtbar, diese Galeristenlyrik, die sie da rezitierte.

»Ach, Herrmann, immer sarkastisch! Es ist übrigens ein Diptychon«, versuchte Stefanie es noch einmal und deutete auf die beiden Bilder, »es heißt ›Linien-Stakkato im Farbakkord‹!«

»Grauenvolle Metapher«, knurrte Herrmann. »Klingt wie ›Schuhfabrik mit Absatzproblemen‹, um meinen alten Freund Harry zu zitieren.« Für ihn war das Thema offensichtlich erledigt.

»Und was bedeutet das genau, – ›Märtyrer der Künste‹?« fragte Sibylle neugierig.

»Oh, Sibylle, Sie lesen Herrmann nicht?« rief Stefanie mit einem Unterton des Tadels und der Herablassung. »Herrmann ist doch *der* Autor für alles, was mit Kunst zu tun hat. Und das nicht zuletzt deshalb, weil er die größten Künstler dieses Jahrhunderts eben alle kennt oder gekannt hat. Herrmann ist einfach – authentisch!«

Ja doch, Stefanie, ist ja gut. Sibylle betrachtete Herrmann argwöhnisch. Ganz gut erhalten war er ja, vielleicht ein wenig verlebt. Aber authentisch?

»Und wie kam es dazu? Ich meine, wie haben Sie alle diese Künstler kennengelernt?« fragte sie.

Herrmann seufzte. Es schien ihm ein wenig lästig zu sein, sein Leben vor einer dermaßen ahnungslosen Person auszubreiten. Er nahm eine Zigarette, zündete sie an und formte drei perfekte, gleich große Rauchringe.

»Ach wissen Sie, das war so – als ich aus Südamerika nach Paris kam, damals, in den fünfziger Jahren, da konnte man nur überleben, wenn man mit etwas Glück begüterte Landsleute traf, auf dem Boule Mich' oder anderswo. Die fragten einen dann beispielsweise: Kennst du Max Ernst? Und ich sagte: Natürlich kenne ich Max Ernst. Dann sagten sie: Ist ja sensationell! Möchtest du was essen? Möchtest du was trinken? Dürfen wir dich einladen? Und ich sagte: Also, wenn ihr unbedingt darauf besteht, meinetwegen. Dann führte ich sie in mein Stammlokal.« Herrmann nahm einen tiefen Zug aus seiner Zigarette, und es folgten wieder drei Rauchringe, ein kleiner, ein großer und wieder ein kleiner.

»Dort, in dem Lokal, saß abends immer der Portier meiner kleinen Pension, ein alter Mann mit Baskenmütze, die perfekte Inkarnation eines Franzosen, würde ich sagen, fehlte nur noch das Baguette unterm Arm. Der trank da abends immer seinen Roten. Ich grüßte ihn, er grüßte zurück und ich sagte: Seht mal, da sitzt er ja. Wer? Na, Max Ernst! Die Wirkung war immer phantastisch. Wirklich? Ist ja sensationell! Sag' mal, meinst du, du könntest ein Autogramm ... Klar konnte ich. Ich hatte ja immer ein paar Zettel in der Tasche, auf denen stand fein säuberlich ›Max Ernst‹, oder aber ›Braque‹, ›Picasso‹, ›Pissaro‹. Nun, ich ging dann rüber und ließ den armen Portier einen Zettel unterschreiben, steckte ihn ein und gab meinen Freunden, was sie begehrten: in diesem Fall eben – Max Ernst.« Herrmann drückte seine Zigarette aus und nahm sich eine neue. »Doch stellen Sie sich vor – am nächsten Abend gehe ich mit diesen Leuten wieder in mein Stammlokal und wer kommt zur Tür herein? *Max Ernst!*«

»Und?« fragte Sibylle.

»Najaaa, also meine Bekannten fragen: Sag mal, wer ist denn das? Ach der, antworte ich, das ist Braque!«

»Herrmann, Sie sind unbezahlbar!« rief Stefanie in die allgemeine Erheiterung hinein. Stolz blickte sie in die Runde. Jawohl, sagte ihr Blick, dieses seltene Exemplar ist *mein.* Herrmann zog Stefanie beiseite.

»Aber den Haußmann ersparen Sie mir doch heute abend?« fragte er vorsichtig.

Stefanie flüsterte etwas, das wie »Witz« klang.

»Was, die Kresswitz kommt auch?« tuschelte Herrmann leise, aber hörbar zurück. »Hat die nicht neuerdings einen jungen Geliebten? Irgend jemand hat die beiden gesehen. Geturtelt haben sie, naja. Die Kresswitz ... ich dachte, sie sei von Uecker an ein monochromes Bild genagelt worden, nachdem ein Yves-Klein-Epigone eine monströse Anthropometrie von ihr gemacht hat. Grauenhaft«, wandte er sich mit verschwörerischer Stimme zu Sibylle Idstein, die nah genug saß, um alles mit anzuhören, »sie ist das, was man im Französischen eine ›bleu de coup‹ nennt.«

Und als Sibylle Idstein nur anerkennend lächelte, nicht belustigt, setzte er nach: »Ich bin davon überzeugt, daß wir uns dereinst für jeden unterdrückten Kalauer zu verantworten haben werden.«

Er stellte sein Champagner-Glas auf eines der niedrigen Travertin-Tischchen und bat Stefanie um eine kurze Unterredung. Wenige Minuten später erschien er mit einem Glas Whiskey in der Hand. »Der Kreislauf«, sagte er.

Sebastian nutzte sofort die kleine Pause. »Ach, liebste Stefanie, habe ich Ihnen eigentlich schon gesagt, wie überaus treffend Ihre Kritik am letzten Müller-Lansky war?« Er fand es an der Zeit, das Terrain zurückzuerobern, das Herrmann Grünberg besetzt hatte. »Unbestechlich und doch fair, das macht Ihnen so leicht keiner nach, Verehrteste, das waren wirklich des Meisters neue Kleider, das Stück dermaßen zu skelettieren, die nackte Brandmauer als Bühnenbild, Neonlicht statt Theatermagie, die Schauspieler ohne jede Aktion, nichts als Rampenservice – nur der Schmilinsky, der hat es natürlich wieder mal gelobt, wahrscheinlich aus sportlichen Gründen, er muß nun mal unbedingt gegen Sie sein ...«

»... ach ja, der Schmilinsky, unser knuddeliger Theaterteddy«, sagte Stefanie und lächelte süß, »der macht einfach zuviel. Neulich hat er sich sogar von einem farbenfrohen Blatt fotografieren lassen, erst mit seiner Tochter und ein paar Wochen später mit seinem Auto, furchtbar peinlich, die haben so eine Serie, ›Promis und ihr Auto‹, und alle führen sie dann ihre BMW's und Audis vor – er hingegen stand ganz stolz neben seinem uralten Passat ...«

»Ist doch kein Wunder«, warf Herrmann ein, »der Schmilinsky ist seinen Prinzipien treu geblieben ...«

»Prinzipien? Was soll der für Prinzipien haben?« fragte Stefanie erstaunt.

Herrmann zündete sich eine Zigarette an. »Er macht prinzipiell alles, was man ihm anbietet!«

Stefanie lachte etwas lauter als die anderen, denn sie haßte ihren berühmten Kollegen dafür, daß er als brillanter Entertainer galt. »Er will eben geliebt werden, das ist sein Verhängnis. Aber ein Kritiker sollte nicht geliebt werden, sondern respektiert!« stellte sie fest. »Und was Müller-Lansky betrifft – dem ist wirklich alles abhanden gekommen, was ihn einst groß gemacht hat. Neuerdings ist alles so statisch bei ihm, keine Psychologie, keine Entwicklung . . .«

». . . Moment, beste Stefanie, aber ich fürchte ernstlich, daß selbst eine so gescheite Frau wie Sie offenbar einem der größten Bluffs unseres Jahrhunderts aufgesessen ist!«

Herrmann nahm kopfschüttelnd einen Schluck Whiskey.

Stefanie fuhr herum. Mit ihrem Ruf als Intellektuelle machte man gefälligst keine Späße. »Pardon, wovon reden Sie?«

»Nun, der wüste Aberglaube dieses Wiener Sektengründers hat schon im Privatleben unendlich vieler Menschen Unheil angerichtet, als Kriterium für die Kunst aber ist jener Humbug geradezu absurd. Psychologie, Entwicklung . . . wollen Sie etwa Shakespeare auf die Couch legen? Proust? Nabokov? Nein, nein, das Beste, was die Kunst heute liefern kann, ist überlebensgroße Schärfe, – wie eine Blitzlichtaufnahme, gewissermaßen, ohne die tantenhafte Belehrung über konvertierte Schurken und läuterungsbedürftige Nymphomaninnen.«

»Aber, das Leben ist nun mal – Entwicklung«, sagte Sibylle, doch es klang nicht gerade überzeugend.

»Und in der Musik – Entwicklung, Entfaltung ...«, meldete sich Theophil zu Wort, um auch mal etwas zu sagen. Er fühlte sich immer mehr wie ein zufällig anwesender Statist.

»Freunde, wo bleibt da die Schönheit?« rief nun Sebastian. »Und das Gefühl? Statik, Entwicklung – einerlei, Empfindungen und Erfindungen können doch einzig uns begeistern, Flausen und Fiktion, einzig der artifizielle Schwindel erzeugt in uns jenes angenehme Schwindelgefühl, mit dem die Kunst uns in ihren besten Momenten huldvoll beschenkt!«

Er hob sein Glas. »Punktum! Auf die Kunst!«

Nein, nicht jetzt. Regina von Kresswitz stand auf dem Hausflur. Sie hatte einen Taschenspiegel hervorgeholt und starrte auf den kleinen Muskel unter ihrem linken Auge, der in einem eigenwilligen, unberechenbaren Rhythmus zuckte. Das kleine pulsierende Ding verhöhnte geradezu die Bemühungen der vergangenen Stunde: die verwegene Feder im aufgesteckten nachtdunklen Haar, den dramatischen auberginefarbenen Lidschatten, den silbrigen Puder auf ihren Wangenknochen. Manchmal wünschte sie sich eine Maske, die sie sich einfach über das Gesicht hätte streifen können. Eine zweite Haut, perfekt, strahlend und rosig, mit weich gepolsterten Augenpartien und, je nach Anlaß, mit einem Ausdruck distanzierter Amüsiertheit oder mit einem Hauch ansteckender Herzenswärme.

Mehr Gesichter brauchte sie eigentlich nicht.

Also gut, ihr Gesicht spielte verrückt und sie mußte da jetzt rein.

»There's no bizzz like showbizzz«, schnurrte sie in den kleinen Spiegel, dann klappte sie ihn zu und klingelte.

Sofort war sie raumfüllend, nicht nur ihrer ausladenden Formen wegen. Es war so etwas wie ein Hochstaplertrick, den man nie ganz durchschauen konnte, obwohl man spürte, daß etwas nicht stimmte. Ein rätselhaftes Präsenz-Phänomen. Sie dominierte innerhalb von Sekunden jeden Raum, jede Wohnung, jede Galerie. Sie war ein hochdiffundierender Stoff, der sich in rasender Geschwindigkeit ausbreitete und Stunden später noch wie schweres Parfum in der Luft hing. Bezeichnenderweise war es hinterher immer schwer zu sagen, was sie eigentlich angehabt hatte. Selbst Stefanie, die diese Dinge mit großer Aufmerksamkeit registrierte, hatte stets Mühe, sich daran zu erinnern, denn Regina von Kresswitz trug merkwürdige Gewänder, wehend und gleißend, die alles in Besitz nahmen.

Stürmisch umarmte sie die Gastgeber, um dann mit genauen hierarchischen Abstufungen die übrigen Gäste zu begrüßen. Herrmann wich geradezu vor ihr zurück. Man sah, wie er litt, und schon der angedeutete Wangenkuß, den Regina von Kresswitz hinterließ, weckte in ihm offenbar das Bedürfnis, ausgiebig zu duschen.

Regina, verschwenderisch gehüllt in eine Wolke dunkler und hellglänzender Stoffe, hatte einigermaßen mühelos den unverbindlichen Tonfall entspannter Aufgeräumtheit angestimmt, jene kollektive Klangfarbe, die sie beherrschte wie einen heimatlichen Dialekt.

»Long time no see, wir haben uns ja hun-dert-Jah-re nicht gesehen, ich wollte immer mal anrufen, aber du weißt ja, ich hatte jetzt dieses wahnsinnige Projekt mit Bob in L. A. und dann war ja noch das Opening in Paris mit Rauschenberg, er war unheimlich gut drauf, der ist so hip, das ist schon hop, gebacked und gesettled einfach, gut schauen Sie aus, Herrmann, also, die audience im guten alten Paris hat das wirklich supported, die chapeaus haben nur so geclaqued, ich habe da übrigens einen jungen Künstler« – Herrmann zog eine Grimasse – »den *müssen* Sie kennenlernen, er macht wirklich witzige Installationen, also neulich sagte noch die Petra, sie fände es unheimlich spannend und jetzt hol' ich mal ein paar Sponsoren zusammen für einen Katalog, synergy, sag' ich immer, synergy, ja, gern einen Champagner, danke, Schatz, schön habt ihr's hier alle zusammen.«

Theophil kannte sie noch von früher. Ein Rauschen hatte in der Luft gelegen, wenn sie damals den Raum betrat. Jetzt war sie von gesuchter Exaltiertheit, einstudiert und ziemlich tot.

Theophil fremdelte, es war alles so lästig. Zu nah, zu unverbindlich, und sein gutes altes Tweedjackett war auch zu eng. Er ging in die Küche und suchte ohne Eile im Kühlschrank nach einer neuen Flasche Champagner.

»Guten Abend.«

Maria, das portugiesische Hausmädchen, war eingetreten. Theophil hätte sie am liebsten umarmt. Sie war ihm näher als alle diese Menschen im Wohnzimmer, stellte er verwundert fest. Vertraut. Und eindeutig. Es war eben eine geregelte Beziehung: sie putzte und bügelte, und er durfte sie dafür beim Vornamen nennen.

Liebe Maria. Sie war etwas kleiner als er. Ihr milde lächelndes Gesicht war ungeschminkt bis auf die Lippen. Wie Himbeeren und Erdbeeren, dachte Theophil. Dialog der Früchte.

Er strahlte sie an.

»Hübsch sehen Sie aus«, mehr fiel ihm jetzt nicht ein.

Und das Schöne war, es reichte. Es war genug. Streng' dich nicht so an, wir sind doch schon verheiratet. Ob Maria einen Freund hatte?

Sie trat auf ihn zu und klopfte ein Stäubchen von seiner Jacke. Theophil hatte das dringende Bedürfnis, die Augen zu schließen und »Mehr!« zu rufen.

Sein Körper war verwaist. Wochenlang wurde er

nicht berührt, außer von den Sicherheitsbeamten am Flughafen, die ihn mit ihren pfeifenden Instrumenten durchsuchten. Er genoß dann jede der routinierten Bewegungen, öffnete schon vorher freudig das Jackett und breitete die Arme aus. Die sachliche Ruppigkeit dieser Untersuchung schätzte er besonders. Jede Berührung setzte sich dann im Innern seines Körpers fort. Das waren flüchtige Momente von Nähe, die Theophil glückhaft durchlebte, fern vom Ekel seiner menschengesättigten und doch einsiedlerischen Existenz. So hatte er geheime Vergnügungen kultiviert, von denen niemand etwas ahnte.

»So«, sagte Maria. »So können Sie wieder hineingehen.«

Maria, Maria, Maria. Lenny Bernstein mußte sie gemeint haben. Sie war erst seit zwei Monaten bei den Krugs.

Sie gehört zu meinem Leben, stellte Theophil befriedigt fest. Gestärkt kehrte er ins Wohnzimmer zurück.

Theophil trat mit der Flasche und einem Glas zu Regina. Immerhin hatte er sie einst ziemlich attraktiv gefunden, und fast gerührt suchte er nach den Spuren einstiger Schönheit unter dem Talmi ihrer jetzigen Betriebsamkeit.

Sie spielte ihre Rolle ganz gut. Doch ja. Aber sie kannte nicht die Regel, die professionelle Schauspieler kennen: Einen Kaiser kann man nicht spielen, den spielen die anderen. Deren Respekt und Servilität erst läßt den Kaiser erstehen. Reginas Tragödie war die einer Kaiserin ohne Reich, ohne Hof und ohne Untertanen, in denen sie sich spiegeln konnte.

Mit hoheitsvoller Geste nahm sie das Glas entgegen und wandte sich gönnerhaft an Sibylle Idstein. »Sagen Sie mal, wir haben uns doch auch schon mal kennengelernt, dio mio, ich bin wirklich ein bißchen abgespaced, war das nicht bei der Eröffnung von Smart Art? Doch, doch, ich erinnere mich. Wie geht es Ihnen?«

Ja, wie geht es? Petersilie verhagelt, Wimperntusche verlaufen, Herz zerbrochen und Laufmasche im Strumpf. Alles unter Kontrolle, hätte Sibylle am liebsten gesagt, die Anarchie bleibt hübsch unterm Kanaldeckel.

»Ich weiß nicht mehr so genau«, antwortete sie zögernd.

Unter Reginas linkem Auge zuckte es.

»Die beiden Höchstmeyers haben uns doch miteinander bekannt gemacht, die kennt Ihr doch auch, nicht wahr, Theophil?« Regina sah den Gastgeber hilfesuchend an. Lass' mich nicht allein, flehte sie stumm, sag' ihr, daß ich Leute kenne, die sie kennt, und daß sie mich deshalb kennen wollen muß.

Stefanie sprang mit ein paar Stichworten ein.

»Höchstmeyer war mal früher Berater für die Sesamstraße, jetzt ist er Sufi in der Lüneburger Heide. Seine Frau war lange in Indien, dann bedruckte sie T-Shirts bei Straßenfesten in San Francisco.«

»Ach so.«

Sibylle Idstein strich sich über das graue Schneiderkostüm. Jil Sander, Second Hand. Ja, sie kannte genug solcher Leute, abgeknickte Biographien, verzweigte Lebensgerinnsel. Ach ja. Warum nur versandeten diese ganzen hoffnungsvollen Lebensläufe? Irgendwie war sie an den Job als Dramaturgin geraten. Schon dieses Wort. Als Kind hatte sie immer gedacht, Dramaturgen würden die Dramatik in langweilige Theaterstücke hineinbringen. Gestatten, ich bin die Fachfrau für Dramatik. Und das war gar nicht so falsch. Einst hatte sie Gedichte geschrieben, die sich »nah am Rande des Verstummens« aufhielten, wie sie damals gern mit einem gepeinigten Ausdruck in den Augen gesagt hatte. Doch aus den Gedichten waren jetzt Texte fürs Programmheft geworden, die spätestens bei der post-theatralen Pasta in Vergessenheit gerieten.

Sie kannte Regina nur flüchtig und war von ihr so oft übersehen worden, daß sie jetzt beschloß, sie ihrerseits zu ignorieren.

»Also, ganz ehrlich – ich kann mich einfach beim besten Willen nicht erinnern. Idstein, Sibylle Idstein. Und wie war noch Ihr Name?«

Regina antwortete nicht, statt dessen zeigte sie den winzigen Eiszapfen eines Lächelns und tänzelte enttäuscht zu Sebastian hinüber, der sich mit demonstrativer Umständlichkeit von der Couch erhob.

»Mein lieber Sebastian Theen«, rief sie aus.

»Frau von Kresswitz!«

Sebastian sprach den Namen überdeutlich aus und beugte sich eilfertig über die fette kleine Hand.

Sibylle sah ihn verwundert an. Welche Ehre für diese Kultur-Schnepfe. So ein drittklassiger Paradiesvogel.

Sebastian war entzückt. Doch das Objekt seiner Verehrung war weniger Regina, es war ihr Name. Sebastian war zwar belesen und begütert, wurde als Autor geachtet und als Verleger umworben, er aber träumte sich zu gern in das Blattwerk eines reich verzweigten Stammbaums von Adel. Auf diese Weise nährte und vergrößerte er einen Stachel im Fleische seines Selbstbewußtseins, einen Schönheitsfehler, den er nie würde beheben können: seine Geburt, die ihm niedrig erschien, das Fehlen jener Genealogie, in die er sich so gern zurückgelehnt hätte wie in einen alten Ledersessel, eine Identität von Stand, auf der das Fluidum sich erst vollkommen hätte ausbreiten können, das er sich täglich mit Mühe schuf, eine unanfechtbare und kostbare Grundierung all jener gewählten Stoffe und Farben, die er jeden Morgen neu zusammenstellte, gewisse subtile Farbklänge von Schuhen, Hemd und Weste, dazu ausgesuchte kleine Gesten und mimische Feinheiten, die er in stillen Rittergütern und dämmrigen Adelssitzen studiert und in sich aufgesogen hatte – stets an der Seite bläßlicher, durchscheinender junger Damen, die den so begehrten Adelstitel mit einer Selbstverständlichkeit trugen, daß es ihn zwischen Bewunderung und Verzweiflung nur so beutelte, wenn sie in Gesellschaft ihren Namen nannten. Er selbst stieß dann mit gespielter Souveränität seinen nackten, von keinem Zusatz getrösteten Namen hervor, mit etwas zu lauter Stimme meist, so daß fast ein Klagelaut daraus wurde, ein gedehntes, schmerzliches »Theeeeeen«, nur diese einzige schmachvolle Silbe, die ohne das »von« zu frieren schien. Wäre es doch wenigstens Theenhausen oder Theenwitz gewesen, aber seine unvorsichtige Mutter hatte das einigermaßen wohlklingende »Lautersbach« ihres Familiennamens achtlos hingegeben und für das glanzlose »Theen« seines Vaters eingetauscht.

Er hatte in einsamen Stunden eine Adoption durch einen verarmten Landadeligen erwogen, aber das schien ihm dann doch zu erniedrigend zu sein.

Augeregt strich er sich das braune Kinnbärtchen. »Liebe Frau von Kresswitz, Gnädigste, wie geht es Ihrem Bruder?« fragte er mit einem Unterton der Devotheit, der einem unbefangenen Beobachter als pure Ironie hätte erscheinen können.

Regina lächelte zufrieden und nahm betont langsam einen Schluck aus ihrem fast leeren Glas.

»Oh, ganz, ganz prächtig, Sie wissen ja, daß er jetzt in die Bundesliga der Galerienzunft avanciert ist und . . .«, damit führte sie ihn einen Schritt beiseite und sprach mit gedämpfter Stimme weiter, um dem Gesagten eine geheimnisvolle Wichtigkeit zu geben.

Stefanie begann, an ihrer Wahl zu zweifeln. Daß es immer wieder ein Experiment sein mußte, so ein Essen, ein Laborversuch mit scheinbar harmlosen Chemikalien, die sich dann doch immer wieder unberechenbar verhielten. Die plötzlich kochten und dampften oder, schlimmer noch, sich gar nicht vermischten.

Sie überließ Sibylle und Herrmann dem Hausherrn und eilte in die Küche.

»Die Vorspeise, Maria«, befahl sie knapp.

Sie war eine äußerst ehrgeizige Gastgeberin und brachte deshalb meist Menschen zusammen, die sich nicht allzu vertraut waren.

Aber was hatte sie nicht schon alles dabei erlebt. Den Theaterkritiker, der sich dem mühevoll eingeflogenen rasend begabten Jung-Regisseur verweigert hatte und sich hinterher beschwerte über die Zumutung des provinziellen Chichi. Den hochgestylten Künstler mit dem kaugummikauenden und nach Imbißbude riechenden Groupie, der die Kulturpolitikerin mit maliziöser Wortkargheit beleidigt hatte. Oh, diese Trotzköpfe. Störrisch und undankbar.

Regina und Sibylle – wie Hund und Katze. Herrmann und Regina – nicht einfach, aber unterhaltsam, sie werden sich theatralisch über »Kunst« streiten, wenn ich das Wort schon höre. Regina und Theophil – das ist o.k., aber ob die mal was hatten? Theophil ist eben nicht der Geschmackssicherste. Sibylle und Sebastian – sehr, sehr schön. Sibylle und Herrmann –

auch nicht uninteressant. Sebastian und Regina – olala, seinen Adelstick hatte ich ganz vergessen. Sebastian und Theophil – eine Katastrophe, die beiden konnten einander nie ausstehen. Ganz ruhig, bei Tisch müssen sie alle miteinander reden, ob sie wollen oder nicht.

Stefanie lächelte grimmig. Amüsier dich, Sebastian Theen. Heute ist der Tag, heute werde ich dir vorschlagen, meine gesammelten Kritiken herauszubringen. Mein Lebenswerk. Mein Baby.

»Liebste«, hörte sie plötzlich Regina hinter sich. Stefanie fuhr herum. Wie taktlos, einfach so in die Küche zu platzen. »Stell' dir vor, ich habe doch eben von diesem jungen Künstler erzählt, er ist wirklich noch sehr sehr jung, unbelievable, er ist in der Stadt, vielleicht kommt er noch vorbei. Du hast doch nichts dagegen, er ist wirklich begabt, du wirst sehen, ein charming boy, er heißt André, ich sage dir, das knallt, du wirst begeistert sein!«

Das konnte einfach nicht wahr sein. Stefanie wandte sich unvermittelt ab und träufelte Vinaigrette auf den Salat. Radicchio, Eichblattsalat, Rucola, Frisée, Kirschtomaten, so eine Unverschämtheit.

»Sicher, sicher, mein Schatz, das ist doch gar kein Problem«, sagte sie leichthin.

Wenn sie etwas haßte, dann waren es solche Überraschungen, die ihr genau ersonnenes Gästeballett aus dem Rhythmus brachten.

»Fein –«, hauchte Regina.

Ein zusätzliches Gedeck, Stühle rücken. Ein Fremdkörper. So ein mieser kleiner Parasit, der sich hier einschleicht. Von Uecker an ein monochromes Bild genagelt, gar nicht schlecht. »Mach' dir keine Gedanken«, Stefanies Stimme klang betont neutral.

Sie drehte sich um, aber Regina war schon wieder verschwunden. Stefanie zischte etwas, das wie ». . . fette Schnecke« klang, doch ein Blick auf Maria, die scheinbar teilnahmslos in der Ecke stand, gab ihr die Fassung zurück.

Man ging zu Tisch, der aufwendig gedeckt war, wenn Stefanie auch darauf achtete, daß jede Übertreibung vermieden wurde. Weißes Leinen, Stoffservietten, weißes Porzellan, keine Blumen. Viel Silber, Messerbänkchen, Salzstreuer, Besteck, das zahlreiche Gänge verhieß, bis hin zum »kleinen Propheten«, wie Theophils Vater den Dessertlöffel nannte.

Stefanie plazierte die Gäste nach einem Plan, den sie schon am Nachmittag auf eine Karteikarte notiert hatte. Zufälle, was die Tischordnung betraf, waren ihr zuwider, deshalb hatte sie alle Kombinationen sorgfältig erwogen und schließlich eine Zeichnung gemacht: Sie saß an dem einen Kopfende, Theophil an dem anderen. Rechts von ihr Sebastian Theen, daneben Sibylle. Links von ihr Herrmann, daneben Regina. So wurde sie von den beiden Herren eingerahmt, während sich Theophil um die beiden Damen kümmern konnte.

Maria half der Dame des Hauses, die Teller hereinzutragen. Sie hatte sich von Stefanie ein schlichtes schwarzes Kleid ausgeliehen und sah geradezu madonnenhaft aus. Wie eine Figur aus einem Saura-Film, stellte Stefanie befriedigt fest. Außerdem war Maria mit ihrem strengen schwarzen Knoten ein guter Kontrast zu ihrem Blondhaar.

Die Entenbrüste waren aufgeschnitten, rosig und warm lagen sie neben dem Salat und erblühten geradezu. Ihr fleischlicher Duft mischte sich mit Parfums und Rasierwassern.

»Ach, Gnädigste, welch lieblicher Anblick, einfach wunderbar«, rief Sebastian Theen und schickte der Hausfrau galant Handküsse durch die Luft.

Herrmann Grünberg zerbröselte nervös das warme Brot. Er hatte meist keinen Appetit und lauerte nur auf die Pausen zwischen den Gängen, wenn er wieder unbehelligt rauchen konnte.

»Guten, besten, gesegneten Appetit«, wandte er sich mit sarkastischem Lächeln zu Regina von Kresswitz, die üppig und wohlgenährt auf ihrem Stuhl hin und her rutschte und ihr Besteck bereits in Händen hielt, wie ein verzogenes Kind, dem man die Tischmanieren erlassen hatte. Sie heuchelte daraufhin liebenswürdige Gelassenheit, konnte aber nicht ganz verhehlen, daß ihr das Wasser im Mund zusammenlief.

Alle warteten auf ein Zeichen. Eine kleine Pause entstand.

Theophil erhob sein Glas.

»Lassen wir die Ente schwimmen«, witzelte er matt und führte sein Glas an die Lippen.

Förmlichkeiten waren ihm zuwider. Stefanie schickte ihm einen kalten Blick und lächelte dann Sibylle aufmunternd zu. Wärm' ihn mir an, dachte sie, servier' ihn mir in bester Laune, diesen Sebastian Theen. Sie ergriff ihr Glas und prostete Sebastian zu.

»Ich bitte um die Pupille«, kicherte Sebastian und nahm scherzhaft die Haltung eines Korporierten an, der zum rituellen Trinken ansetzt.

»Sehr zum Wohl« rief er und trank, während Regina ein euphorisches »Santé!« beisteuerte.

»Es ist doch schön, daß wir mal wieder zusammen sind, wir haben uns doch so lange nicht gesehen . . .«, sagte Stefanie.

Das Gegenteil war der Fall. Alle, die hier am Tisch versammelt waren, gehörten zu jenem Wanderzirkus, der sich mehrmals in der Woche traf: bei Vernissagen, bei Premieren, bei Konzerten und am Samstagmittag, wenn sie sorgfältig gekleidet in ausgesuchten Supermärkten und Delikatessenläden einkauften, wo sie heftig mit ihrer Müdigkeit kokettierten und Andeutungen über mondäne Einladungen des Vorabends machten.

Alle wohnten sie in jenem Viertel der Stadt, wo sich strahlende Jugendstilfassaden in den Himmel hoben und die Wohnungen einander ähnelten, als seien sie sämtlich aus einem imaginären Katalog des guten Geschmacks kopiert worden: weiße Wände, Parkett und die immer gleiche Mischung aus alten englischen Tischen, winzigen italienischen Halogenlämpchen und weichen französischen Couchen.

Einst hatten sie die Jugendstilpracht mit einer gewissen ironischen Distanz genossen, doch unmerklich war das Dekor des beginnenden alten Jahrhunderts wieder eine Kulisse verhaltenen Wohllebens geworden. Die Sperrmüllsessel waren verschwunden, die Staeck-Plakate auf dem Klo, die Blechschilder, die sie einst bei den ersten Frankreich-Reisen in Zügen und Kneipen abmontiert hatten. Nur die Bücherregale waren geblieben, die einen amerikanischen Vornamen trugen, wohlgefüllt mit den bunten Rücken der Edition Suhrkamp, mit kompletten Jahrgängen des Kursbuchs, mit sorgfältig zusammengetragener Weltliteratur-Erotik von Lady Chatterley bis zu Josefine Mutzenbacher. Ab und an zeigte ein Klavier seine weißen und schwarzen Zähne.

Theophils Klavier stand längst nicht mehr im Wohnzimmer, es war schon vor einiger Zeit in sein Arbeitszimmer geschafft worden. Stefanie hatte das Klavier »als Möbelstück«, wie sie abfällig sagte, irgendwie unpassend gefunden, und da Theophil sowieso nie für andere spielte, nur für sich selbst, war es ihm gleich. Manchmal verbrachte er Stunden an diesem geduldigen Instrument und griff mit stummem Entzücken eigensinnige, gewagte Akkorde. Früher, ganz früher, hatte er mit einer Baskenmütze auf dem Kopf in dunklen Kellern gespielt, mit anderen ernst blickenden jungen Männern, die gemeinsam mit ihm den heiligen Dienst an den Standards verrichteten. My funny valentine. All the things you are. These foolish things.

Theophil sehnte sich danach, endlich wieder allein zu sein. Komm', alter Junge, sprach er sich Mut zu, it don't mean a thing if it ain't got no swing. Am liebsten hätte er gesungen *doodab-doouahh,* statt dessen zerschnitt er akkurat sein Fleisch.

Theophil war stolz auf die Kochkünste seiner Frau und warf ihr kurz einen anerkennenden Blick zu.

Stefanie hatte kaum Appetit, das Kochen nahm ihr zumeist die Lust auf das Essen, und insgeheim sehnte sie sich schon nach dem Kaffee und den Petits Fours.

Sibylle Idstein aß langsam und konzentriert, sie kostete gedankenverloren das Aroma des Öls, zerbiß in einer unendlich kleinen Bewegung die Schalottenwürfel und ließ das rosa Fleisch lange auf ihrer Zunge ruhen.

Dabei beobachtete sie Herrmann, der winzige Bissen nahm und immer wieder resignierend das Besteck hinlegte, so, als wollte er sagen, ja doch, ich esse ja, ich gebe mir wirklich Mühe, aber mehr ist beim besten Willen nicht drin. Ab und zu nahm er einen Schluck aus seinem Whiskeyglas.

»Es ist zum Verzweifeln«, raunte er Sibylle zu. »Immer bildet sich eine Haut auf dem Whiskey, deshalb muß ich schnell trinken.«

Sebastian Theen gegenüber redete unaufhörlich, was sich nur schwer mit dem Essen in Einklang bringen ließ.

»Delay«, stieß er gerade hervor, »es ist so, ich arbeite an einem Buch über die Kunst des Verzögerns. Hochspannendes Projekt. Mhh ...«, er schluckte eine notdürftig zerkleinerte Portion und füllte sofort nach, »es geht darum«, er nahm einen Schluck Wein, »daß die Leute nicht mehr warten können. Das ist es«, er betupfte sich die Lippen mit der Serviette, »das Warten-Können, die himmlische Qual der Erwartung auszukosten. Langsamkeit ...«, er zerschnitt ein Stückchen Fleisch, das Besteck quietschte vor Eifer, »süßer Schmerz des Wartens.«

Sibylle betrachtete Sebastians schmalen Mund, der fettig glänzte. Was weißt du denn vom Warten.

»Inszenierungen der antizipierenden Lust«, fuhr Sebastian Theen fort, »darum muß es gehen. Wir haben vergessen, das Delay als kulturelle Errungenschaft der Trivialität des Bedürfnisses entgegenzusetzen. Das ernste Spiel der verzögerten Erfüllung zu spielen.«

Er griff erneut zum Glas und prostete Regina zu, die ihm begeistert zugehört hatte, wenn auch der Sinn seiner Worte ihr weitgehend verborgen blieb.

Regina aß gern und geräuschvoll und liebte es, wie Sebastian, mit vollem Mund zu reden, wobei sie kauend die Lippen spitzte in der Annahme, sie wirke dabei auf eine unwiderstehliche Art sinnlich wie eine Kokotte der Feudalzeit.

»Ich glaube«, sie kaute und nahm lüstern einen Schluck Wein, »daß diese Idee einfach phan-tas-tisch ist, Sebastian, Sie Teufelskerl, Delay, das hat spirit, allerdings« – sie griff erneut zum Weinglas – »heute kann ich es überhaupt nicht erwarten, ein wenig über die Stränge zu schlagen. No Delay, dear! Sorry! Morgen ist schließlich Sonntag.«

»Ich hasse Sonntage«, Herrmann Grünberg schob seinen Teller von sich und lehnte sich angewidert zurück, »fetter Bratenduft, Lethargie, die Läden sind verriegelt, einfach furchtbar.«

»Der Sonntag, jene lichte Krönung eines im übrigen fragwürdigen Schöpfungs-Szenarios, er ist doch letztlich nur die Fortsetzung des Samstags mit anderen Mitteln«, warf Sebastian Theen ein und kicherte geziert.

Stefanie schenkte ihm ihr reizendstes Lächeln.

Theophil stöhnte unhörbar. Dieser Mann kann die Tinte nicht halten, dachte er, die Sprache ist seine Notdurft. Wörter benutzen, nur weil man sie schön findet, nicht, weil man etwas damit sagen will. Tintenpisser. Er streifte Sebastian Theen mit einem abschätzigen Blick und sagte dann, an Sibylle gewandt: »Es ist immer dasselbe: Es gibt zu viele Würstchen auf dieser Welt. Und zu wenig Senf.«

Reiß' dich zusammen, Theophil! Stefanie vergewisserte sich schnell, ob Sebastian diese Unverschämtheit gehört hatte. Gott sei Dank, anscheinend nicht.

»Ist das von Heinz Erhardt?« fragte Sibylle.

»Nein, von Eddie Constantine.«

»Delay –«, Stefanie versuchte, ganz ruhig zu wirken, und nahm den Faden wieder auf, »wie spannend.«

Herrmann beugte sich zu Sibylle.

»Ist Ihnen schon aufgefallen, daß man früher ›interessant‹ sagte, wenn es um Kunst ging, und daß man heute statt dessen ›spannend‹ sagt?« flüsterte er.

Sibylle nickte spitzbübisch. »Aber die *Künstler*«, flüsterte sie zurück und verdrehte die Augen, »die sagen es *immer* noch. ›An dieser Installation *interessiert* mich vor allem die Differenz der Materialitäten‹ . . .«

Herrmann nickte dankbar.

Sie alle am Tisch waren Kritiker, Promoter, Verwerter, die vom Schaffen anderer lebten. Den leicht parasitären Hautgout ihrer Arbeit kompensierten sie ausnahmslos mit dem Dauergestus der Verachtung.

»Aber wer *interessiert* sich schon für *Installationen?*« fragte er triumphierend, und Sibylle feixte wie ein Schulmädchen.

Währenddessen ließ Stefanie nicht locker.

»Delay – das erinnert mich an die besondere Zeit-Dimension des Theaters. Dort ist das Ineinander von Warten, Erwarten und Erleben ja gewissermaßen substantiell. Ich habe oft darüber geschrieben, Sie wissen ja, lieber Sebastian, die Redundanz, die Wiederholung, die Langsamkeit, denken Sie an Wilson, denken Sie an Marthaler . . .«

Sibylle blickte Stefanie erstaunt an. Was hat sie vor? Sie ist doch sonst nicht so bemüht um theoretische Unterfütterung. Ihre Kritiken sind genau, aber alles andere als genial. Von Theorie ganz zu schweigen. Sie liest die Stücke immer vorher, gut. Sie kann immer genau sagen, wo die Striche sind, o.k. Manchmal besucht sie sogar Proben, was kaum ein anderer Kritiker tut. Und sie kann gnadenlos sein, auch das ist in Ordnung. Aber das Ineinander von Warten, Erwarten und Erleben?

Auch Herrmann blickte irritiert zu Stefanie hinüber. Er hatte immer eine gewisse Coolness an ihr geschätzt, ihre sachliche, knappe Art, kurzen Prozeß zu machen mit den Gegenständen, denen sie sich widmete. Dieser Ton hingegen war neu. Ob das an dem eitlen Theen lag?

»Oh, liebe Stefanie, ich weiß doch, Ihre Kritiken sind ein so schönes Beispiel dafür, wie aus dem schnöden Tagesgeschäft des Kulturchronisten das edle Handwerk des Essayisten werden kann!« Sebastian deutete sitzend eine Verbeugung an.

Na also. Stefanie genoß diesen kleinen Etappensieg. Sebastian Theen war Feuer und Flamme. Doch für was?

Für mich, für meine Arbeit, dachte Stefanie. Für seine Eitelkeit, dachte Herrmann. Für seine eigene Begeisterung, dachte Sibylle.

»Bedenken wir die anämische, geradezu sterile Langeweile all der Erzeugnisse, die gleichsam vorsätzlich etwas sagen wollen zu unseren wirren Zeitläuften. Sie dagegen versenken sich ins Mikrokosmische, liebe Stefanie, und dabei schürfen Sie das pure Gold der Erkenntnis. Lassen wir uns nicht täuschen von den schlanken Pfeilen Ihrer unmißverständlichen Formulierungen, tragen sie doch das Curare unbestechlicher Urteilskraft in sich, was allemal gefährlicher ist als die Weitschweifigkeit professioneller Bramarbaseure, deren Erzeugnisse uns täglich plagen!«

Der Köder hängt am Haken, dachte Stefanie. Jetzt nur nichts überstürzen.

Theophil betrachtete mit Abscheu die Allianz aus Bewunderung und Genugtuung, die sich am anderen Ende des Tisches breitmachte. Er spießte ein Tomatenstückchen auf. Dialog des Schwachsinns. Was Maria wohl jetzt in der Küche machte? Ob sie einfach wartete? Oder lauschte sie vielleicht?

Erste Laute des Behagens waren zu hören, kleine Seufzer, zufriedene Atmer.

»Wißt ihr eigentlich, daß Marcello wieder sen-sationell kocht, nachdem ihm seine kleine Schlampe weggelaufen ist?« fragte Regina und griff zur Serviette, um sich die zähe Melange aus Haselnußöl und Lippenstift vom Mund zu wischen. »Ich war neulich da, oh my god, der Liebeskummer bekommt ihm phan-ta-stisch, man sollte ihn für den Rest seines Lebens in ein Kloster sperren, er machte extra für mich gekaperte Scampi an Steckrübenschaum, einfach genial, das war wirklich jede Sünde dieser Welt wert . . .«

». . . bei Marcello war doch immer nur das Carpaccio gut, der Rest . . .«, Sibylle zeigte mit dem Daumen nach unten.

»Marcello – ich weiß nicht, das Publikum ist doch recht gewöhnlich. Aber ich habe einen neuen Laden entdeckt: Das Malavita!« verkündete Sebastian stolz. »Unfaßbar genußreich, was dort auf den Tisch kam. Eine Offenbarung, die getrüffelten Wachtelkoteletts mit Linsensprossen, so etwas macht ihm keiner nach, dem Mann in der Küche . . .«

Stefanie spielte ungeduldig mit ihrem Messer. Sie konnte es nun mal nicht leiden, daß bei ihrem Essen von anderen Essen die Rede war. Immer war es dasselbe: Kaum hatten die Gäste den ersten Bissen genommen, da sprachen sie auch schon über irgendwelche Restaurants und lobten ihre angeblichen Trouvaillen, statt auch nur ein Wort über das zu verlieren, was sie gerade auf dem Teller hatten.

»Malavita?« Regina legte entrüstet ihre Serviette neben den Teller. »Sebastian, Bester, Sie wissen, wie sehr ich Ihren Gaumen schätze, Sie sind ein echter Foody, aber da sitzen doch meist diese non-people herum, diese Eisenten im dunkelblauen Kostüm, viel witziger finde ich das Noodle's, Giorgio experimentiert ganz zauberhaft, neulich gab es Taubenmousse im Pergamentpapier gegart, das war total ›Scotty, beam me up‹!«

»Verehrte Frau von Kresswitz, Sie glauben gar nicht, wie ungern ich Ihnen widerspreche. Aber manchmal frage ich mich, wo die gute Küche von einst geblieben ist, mit all jenen wunderbaren Gerichten, deren bloßer Name schon Abenteuer bedeutete. Wer kennt heute noch ›Bagatelle-Salat‹? Oder ›Bastard-Sauce‹? Als Gastrosoph steht man doch allein in einer kalten Welt, unerlöst und um die wahre Verfeinerung betrogen.«

»Bagatelle-Salat?« fragte Sibylle belustigt.

»Aber ja! Das ist eine überaus köstliche Angelegenheit aus Möhren, Champignons und Spargelspitzen, in einer federleichten Essig-Öl-Marinade!« Sebastian ließ sein Besteck sinken. Seine Hände griffen nach unsichtbaren Zutaten. »Und erst die Bastardsauce, auch sauce bâtarde genannt! Das ist eine sogenannte unechte Buttersauce, aus einer Mehlschwitze, die mit weißem Pfeffer, Eigelb und Sahne gebunden wird, unschlagbar zu weißem Fleisch!«

»Eine unechte Buttersauce?« warf Theophil ein. »Da kann man doch gleich falschen Hasen essen. Das ist wenigstens ehrlich. Überhaupt – die sogenannte feine Küche versteckt doch mehr, als sie zeigt. Alles wird verfälscht und deformiert, aus einem Hühnerbein wird eine Geflügelfarce, das arme Huhn ist bis zur Unkenntlichkeit entstellt, nein, nein, ich denke ganz im Gegenteil, daß wir einen neuen Purismus brauchen! Noch purer, als die nouvelle cuisine sich jemals traute!«

Sebastian hob die Augenbrauen. »Purismus? Ich muß doch sehr bitten ... da sind wir doch nahe am Abgrund der Simplizität. Außerdem – ohne die große Küche hätten wir nicht so liebenswürdige Gerichte wie Baisers, Amouretten oder – Tomaten à la Regina! Gefüllt mit Risotto und allerfeinstem Parmesan!«

»Nein, Sebastian, das ist ja wahnsinnig!« juchzte Regina.

Sibylle Idstein strich die rötlichen Haare aus der Stirn. Sie rückte ein wenig vom Tisch ab und fragte:

»Kann ich zwischendurch rauchen?«, was ihr den strafenden Blick der Hausfrau und ein komplizenhaftes Zwinkern von Herrmann Grünberg einbrachte, der gerade eine Zigarette aus der Schachtel genommen hatte. Mit unnachahmlicher Grandezza drehte er die Hand und reichte ihr eben diese Zigarette, eine kleine Geste, in der die ganze achtlose Großzügigkeit lag, die ihm zu eigen war. Er bemerkte Sibylles verblüfften Blick und sagte lächelnd:

»Drei Jahre auf der Schule für Heiratsschwindler in Buenos Aires haben ihre Wirkung nicht verfehlt.«

Herrmann Grünberg hatte bei aller Boshaftigkeit eine unerklärliche Leichtigkeit des Umgangs, die den Damen des öfteren die Sprache verschlug. Waren sie doch die schwerfälligen norddeutschen Kaltblüter gewohnt, die mühsam erlernte Höflichkeiten zur Schau stellten und in deren Augen sich Geheimnislosigkeit und tumbe Gutmütigkeit wie in leeren Suppentellern spiegelten. Man hatte das Gefühl, daß diese Männer erleichtert waren, wenn sie ihr Pensum an gesellschaftlichen Pflichten absolviert hatten. Herrmann Grünberg dagegen glitt mühelos durch das Aquarium der Gesichter und Gespräche, liebenswürdig, mit kleinen Einsprengseln durchdachter Bissigkeit, und er liebte es, die Damen mit komplizierten Komplimenten in Erstaunen zu versetzen. »Tun Sie mir einen Gefallen«, flüsterte er beschwörend zu Sibylle hinüber. »Baden Sie niemals im Meer.«

»Warum nicht?« fragte sie erstaunt.

»Es wird Sie verschlingen, weil es eifersüchtig ist auf die wunderbare Farbe Ihrer Augen.«

Sibylle lächelte begeistert und beugte sich zu Herrmann Grünberg vor, der ihr ein brennendes Streichholz hinhielt.

Sebastian registrierte nicht ohne Neid, wie ungezwungen dieser Grünberg seinen verschrobenen Charme einsetzte. Nun wandte er sich seinerseits an Sibylle Idstein.

»Wie überaus schade, daß Sie gestern nicht auf dem Verlagsempfang waren, hatten Sie nicht auch eine Einladung, wo waren Sie denn bloß?«

»Ich war in einer Kneipe, deren Name ich nie verraten würde«, antwortete Sibylle mit kindischem Trotz, aber ohne jede Arroganz.

»So geheimnisvoll?« fragte Sebastian und neigte sich weit zu Sibylle hinüber.

»Jede Frau hat ein kleines Geheimnis . . .«, summte Sibylle. Sie genoß sichtlich Sebastians Interesse.

»Der Verlagsempfang ... najaaa«, raunte Herrmann schnell in Stefanies Richtung, »man munkelt, daß das Literatur-Kontor ein wenig siech ist ...«

»Aber nein«, flüsterte Stefanie ungehalten zurück. »Nur ein dummes Gerücht, gestern war alles da, was Rang und Namen hat!« Stolz sah sie zu Sebastian Theen. Dieser Mann war ein Synonym für Macht, für Kultur, für die gute Gesellschaft. Sie mußte unwillkürlich lächeln. Jawohl, heute sitzt er an *meinem* Tisch.

Währenddessen beobachtete Regina mit zunehmendem Mißfallen, wie Sebastian sich um Sibylle bemühte. Sibylle Idstein, mein Gott. Die denkt wohl, sie ist hier die Gegenpäpstin? Na, mal sehen.

»Köstlich, Stefanie, wo hast du bloß die Entenbrüste her?« Regina von Kresswitz stand unternehmungslustig auf und zog alle Blicke auf sich.

»Da sitzt wohl ein kleiner französischer Koch unterm Tisch, was?« fügte sie schelmisch hinzu und drapierte mit ausladenden Bewegungen ihren überdimensionalen lachsfarbenen Seidenschal über die Stuhllehne.

Stefanie beobachtete sie mit geschultem Blick und fand sie bei weitem zu theatralisch. Aber es gab niemanden, der es Regina hätte sagen können. Stefanie fiel ein, wie die Opernregisseurin gestern auf der Probe eine Sängerin korrigiert hatte, die ein großes schwarzes Tuch von einer Bahre ziehen sollte:

»Mach es nicht als Choreographie, mach es aus

dem Wuppdich!« Eine Lady Macbeth hatte es werden sollen, doch die Sängerin war dampfend, gesund und satt gewesen wie eine Milchkuh, die Erotik der Macht hatte sich deshalb nicht recht einstellen wollen.

Regina war pure Choreographie, das stand fest. Und die Erotik, tja ... Stefanie selber gehörte zu jenen Frauen, die ihren Körper so lange gequält hatten, bis er auf eine unpersönliche Art perfekt aussah und völlig unbrauchbar war: ausgezehrt, sehnig und hart. Und wie alle diese Frauen verachtete sie üppige Geschlechtsgenossinnen, fühlte sich provoziert von soviel Fleisch, das schamlos zur Schau gestellt wurde, vielleicht auch deshalb, weil sie ahnte, wie ungeniert dieses Fleisch genießen konnte, bei Tisch und anderswo.

Regina von Kresswitz, meine Güte. Und jetzt auch noch ein junger Künstler. Unmöglich, daß sie ihren kleinen Lover hier anschleppt.

Stefanies erotische Erfahrungen waren zahlreich gewesen, aber wenig überzeugend. Drahtig und überschlank, fiel es ihr schwer, in jenes fleischliche Strömen zu geraten, das ihr seliges Vergessen und sinnliche Überlistung des allzu wachen Verstandes beschert hätte. Zudem war sie meist an gleichermaßen kluge wie gehemmte Männer geraten, die noch im Moment höchster Lust ein wenig unangenehm berührt schienen von ihrem Treiben. An das, was Stefanie den »Akt« nannte, hatten sich stets übergangslos intellektuelle Gespräche angeschlossen, mit denen die ungelenken Ausflügler ins rutschige Reich der Lust eiligst wieder das Festland eines menschenwürdigen Daseins aufgesucht hatten. Die Hastigkeit dieser »Akte« hatte ebensowenig zu Stefanies Vergnügen beigetragen wie die Halbherzigkeit der begleitenden Liebkosungen, und irgendwann hatte sie die Hoffnung aufgegeben, daß eine Liebesnacht jenen Rausch und jene Erfüllung zu geben vermochte, die sie sich heiß und sehnlich wünschte.

Statt dessen hatte sie begonnen, ihren Körper zu stählen. Stretching, Aerobic, Hanteln. Sie genoß die körperliche Erschöpfung nach hartem Training und hatte schließlich die angenehm sachlichen Hände einer Masseurin entdeckt, die diesen armen, kleinen, straffen Körper einmal pro Woche ein wenig erweichten und für kurze Zeit den tapferen Soldaten aus Stefanie herauskneteten, aus dieser Frau, die unwillkürlich immer die Pobacken zusammenpreßte, wenn sie unter Menschen war.

»Stefanie braucht keinen französischen Koch, sie ist intelligent genug, um gut kochen zu können«, sagte Herrmann galant. »Und das ist heutzutage etwas Besonderes. Auch ich war einst verheiratet, doch es nahm ja bekanntlicherweise ein böses Ende. Wie dem auch sei, mein Anwalt sagt immer: Früher bekam man eine Frau, die kochen konnte wie die Mutter. Heute bekommt man eine Frau, die trinken kann wie der Vater.«

Sibylle blickte schnell zu Sebastian. Seine nußbraunen Augen weiteten sich, seine Brust erzitterte von einem geradezu asthmatischen Einatmen, und dann brach ein Sturm los, ein Japsen und Wiehern, ein Geheul demonstrativer Erheiterung, das alle ansteckte, ein Lachen, das fast zu anstrengend war, um komisch zu sein, und in das alle doch immer wieder einfielen.

»Wunderbar«, stieß Sebastian unter Tränen hervor. »Wunder . . .« und es begann von neuem.

Regina hatte einen Fächer aus ihrem riesigen Lederbeutel gezogen und schlug damit scherzhaft auf Herrmann ein, der entsetzt zurückwich.

»Macho, Macho«, rief sie mit gespielter Entrüstung.

Mein Gott, Regina. Stefanie fühlte sich sicher in ihrer Kritikerrolle. Überlegen. Wie gern hätte sie Sebastian eine kleine fachmännische Gemeinheit über Regina zugeflüstert. Doch Sebastian wand sich noch immer in den Konvulsionen seiner unbezwingbaren Lachlust, ein wahnsinniger Maître de plaisir. Außerdem war er vermutlich von den drei kleinen Buchstaben vor dem wenig schönen Nachnamen Reginas zu sehr geblendet, um sich an solchen Bosheiten zu erfreuen.

Schade. Stefanie war gerne Kritikerin und sie mochte diese Berufe, die mit einer eigenartigen Frivolität über die Menschen verfügten. Theater-Regisseure hatten das, Cutterinnen am Schneidetisch und

Kritiker eben. Nie ohne ein leicht sadistisches Vergnügen daran, wie willig sich andere diesem Blick auslieferten.

Was trieb bloß Menschen dazu, sich in fremde Hände zu begeben? Stefanie mußte an den Sänger des Macduff denken, bei der Probe, in Jeans, gedrungen und vital wie ein Bauarbeiter. Er hatte auf einem Koffer sitzend singen sollen und in dieser unbequemen Stellung dagehockt wie auf dem Klo. »Nein, nicht das Bein abwinkeln, du schaust ja aus wie der Rosenkavalier.« Die Regisseurin war gnadenlos gewesen. Ergeben hatte der Sänger dagesessen, ein erwachsener Mann mit herrlicher Stimme und bittenden Augen, ein Theaterschwert in den Händen, stämmig und gutartig.

Stefanie freute sich schon auf den Artikel, den sie schreiben würde: »Macbeth – ein Lehrstück über Macht und Gewalt und ein Lehrstück über eine machtbesessene Regisseurin, die mit der Peitsche in die Probe geht.« Sie wußte, daß Theophil solche wohlfeilen Denunziationen haßte, doch sie fand ihn ohnehin zu gutmütig, um eine Kritik goutieren zu können.

Aber viel wichtiger war jetzt, daß Sebastian Theen ihr nicht entglitt. Dies war der Abend, solch eine Gelegenheit ergab sich nicht so schnell wieder, Sebastian saß direkt vor ihr, mein Gott, er lag ja bereits auf einem silbernen Tablett! Greif zu, sagte sie sich, worauf wartest du noch? Es geht um dein Lebenswerk. Es geht um dein Baby. Wenn er bloß nicht diese grauenhaften Lachanfälle hätte.

»Welche Rolle spielt denn die Komik beim Delay?« fragte Stefanie, bemüht um eine Überleitung, doch Sebastian hatte seine Fassung noch nicht wiedergefunden.

»Ach, Verehrteste, Gnädigste«, kicherte er wie ein neurotischer Gymnasiast, der sich vor der gestrengen Lehrerin windet, »liebste Stefanie, huch . . .«, er nahm einen Schluck Wein, »die Komik wie auch die Erotik ist gewissermaßen Ziel des Delays, glückliche Erfüllung, jedoch«, er keuchte, »ist sie auch ein Versprechen.«

»Ein Versprechen auf das Unaussprechliche?« versuchte sich Stefanie und bemerkte im selben Moment wütend, daß sie Unsinn redete.

Sebastian sah sie an und durch sie hindurch und schien auf unhörbare Stimmen zu lauschen, die ihm pausenlos Anekdoten ins Ohr flüsterten. Dann kicherte er wieder in sich hinein.

Vorsichtig, ganz vorsichtig, dachte Stefanie. Er ist ein Clown. Nur ein Clown. Aber ein mächtiger Clown.

Sie erhob sich und begann die Teller einzusammeln. Kaum hatte das Klappern von Porzellan und Besteck begonnen, erschien auch schon Maria und räumte diskret ab.

Das Lachen war verebbt. Herrmann Grünberg zündete sich eine neue Zigarette an und hielt dann Theophil die Schachtel hin. Der blickte kurz zu Stefanie und griff zu. Ja, Stefanie haßte es, wenn zwischen den Gängen geraucht wurde, ja, Theophil wußte das. Gesetztes Essen, du liebe Güte.

Maria stellte einen Aschenbecher direkt vor ihn hin und lächelte ihn an. Meine Maria. Das heißt, unsere Maria. Aber irgendwie doch auch meine Maria.

»Na, was machen Ihre Altjazzer?« wandte sich Sibylle Idstein an Theophil, dessen Augen an Marias Rücken entlangglitten.

»Ach, Sie wissen ja, die spielen immer noch dasselbe Zeugs wie vor zwanzig Jahren. Wir machen nächste Woche eine Produktion, da werden sie alle schreiend den Saal verlassen, Sie wissen schon, Free Jazz, noch einmal mit Gefühl, mit all diesen wunderbaren Veteranen aus heroischen Zeiten!«

»Also arbeiten Sie noch immer in dieser öffentlich-rechtlichen Tempelanlage, wo der Demokratiegedanke in Form eines Minderheitenprogramms verehrt wird?« fragte Sebastian Theen gereizt.

»Also, erlauben Sie mal!« Theophils Stimme zitterte vor Entrüstung. »Ausgerechnet Sie mit Ihren gelackten Büchern, die einen geradezu unverantwortlichen Snobismus preisen, Sie sollten sich ein wenig zurückhalten mit solch leichtfertigen Urteilen über die Bedürfnisse von Minderheiten!« Theophil war tief getroffen, doch offenbar auch gewohnt, sich zu verteidigen. »Sie werden sich noch wundern über die akustische Umweltverschmutzung, die über uns hereinbricht in dem Moment, in dem die öffentlich-rechtlichen Sender vom Unterhaltungsmob gestürmt werden!«

Sebastian Theen lächelte überlegen.

»Was für eine rührende Untergangsphantasie, mein Bester. Ich fürchte allerdings, daß der Mob Ihnen kaum die Ehre eines opferreichen Untergangs angedeihen lassen wird. Viel wahrscheinlicher ist es, daß die Furien des Verschwindens dieses ganze reichlich obsolete System dem Vergessen anheimgeben werden! Free Jazz – Frauenlyrik« – aus Sebastians Mund klangen diese Wörter geradezu unanständig – »das sind doch teure Projektionen – pardon, Anwesende immer ausgeschlossen –, die von Traumtänzern choreographiert werden. Reagenzglas-Künste, die außerhalb des öffentlich-rechtlichen Labors keine Überlebenschance hätten. Sehen Sie, ich als Verleger gehe ständig Risiken ein, weiß Gott, aber da geht es um meine Existenz, denn ich bin ein freier Mann und nicht so ein ärmelschonender Sachwalter staatlicher Gelder, und deshalb . . .«

Dieser Theen war wirklich unerträglich. Theophil spürte fast so etwas wie Haß in seinem Herzen. Doch es war gar nicht so einfach, diese Suada zu unterbrechen. Es war, als wollte man einen Wasserfall mit einem Eimer stoppen. Trotzdem: mehr als naß werden konnte er schließlich nicht.

». . . Moment, Moment, so einfach ist das nicht. Es

muß Schutzräume geben, Experimentierfelder, Versuchsanordnungen ...« Theophil benutzte die Begriffe mit bemerkenswerter Geläufigkeit.

»Schutzräume gehören in den Keller und nicht in den Äther! Nicht wahr, reizende Stefanie? Was sagen Sie dazu?«

Das ist nicht fair, Sebastian. Jetzt muß ich auch noch ehetechnisch loyal sein, obwohl ich diese handgeklöppelten Preziosen genauso ungenießbar finde.

»Liebster Sebastian: Gemach! würde ich sagen. Genießen wir doch einfach die Vielfalt der Programme! Free Jazz und Frauenlyrik und Frühsport mit Schönberg – warum nicht?«

Theophil blickte finster zu Stefanie hinüber. Ganz schön lau, Stefanie. »Vielfalt«, das ist noch schlimmer als »Kultur für alle«.

»Nun«, Herrmann lehnte sich zurück und drehte sein Whiskeyglas in den Händen, »das Problem liegt doch ganz eindeutig anderswo. Der Kunstbetrieb ist zur Zeit suizidal, dem Literaturbetrieb geht es auch nicht viel besser, und diese, hm, – Anstalten überbieten sich in tränenreichen Nekrologen, vor allem, seitdem die feministischen Sektiererinnen die Macht übernommen haben.«

»Herrmann, das ist doch trash!« rief Regina.

»Aber nein,« erwiderte Herrmann. »Es muß dringend etwas geschehen. Ich zum Beispiel habe den einsamen Kampf bereits begonnen.«

»Ach, und wie das?« fragte Stefanie.

»Nur ein Beispiel: Die Wippermann-Gildenberge, eine sehr, sehr bemühte Kollegin von Herrn Krug, quälte vor einiger Zeit den geneigten Radiohörer mit weiblicher Lyrik. Der Spuk ist nun vorbei. Und das geschah folgendermaßen: Ich habe sie angerufen und gesagt – ›liebe Frau Wippermann-Gildenberge, was Sie da veröffentlichen, ist so unerträglich banal, das schreibe ich Ihnen im Dutzend, in einer Nacht‹.«

»Und das soll sie zum Aufgeben bewogen haben?« fragte Theophil zweifelnd.

»Nicht direkt«, sagte Herrmann. »Ich habe ihr angekündigt, daß ich ihr ein paar selbstverfertigte Machwerke schicke – unter weiblichem Pseudonym, versteht sich.«

»Ist sie etwa darauf hereingefallen?« fragte Stefanie.

»Ja und nein,« antwortete Herrmann und nahm genießerisch einen Schluck Whiskey. »Ehrlich gesagt, habe ich die ganze Geschichte sofort wieder vergessen.«

»So what?« fragte Regina ungeduldig.

»Nun, nach ein paar Wochen bekomme ich einen Anruf von der armen Wippermann-Gildenberge. Ihre Stimme klingt schrill. Was mir einfiele, ihr solchen Schund zu schicken. Elende Persiflagen seien das, eine Frechheit, plumpe Nachahmungen weiblicher Ästhetik, natürlich falle sie nicht darauf herein. Werte Frau, sage ich, nie habe ich Ihnen geschrieben, nicht eine einzige Zeile habe ich Ihnen geschickt. Ich höre noch ihren Schrei des Entsetzens, dann legt sie auf. Doch die verdienstvolle Reihe ›Frau und Form. Literatur des weiblichen Blicks‹ war leider, leider bereits gestorben.«

Theophil lächelte säuerlich in das allgemeine Lachen hinein. »Schon gut, nette Geschichte. Aber denken Sie mal an die Musik. Ich meine, an wirkliche, an echte Musik.« Seine Stimme klang jetzt streng. »Der Fluch des Marktes belegt doch all das mit einem Bann, was wir heute noch als authentisch bezeichnen können. Musik ist ein Synonym für aufdringlichste synthetische Erzeugnisse geworden, für primitivste Fabrikware!«

»Ich dachte, die Musik sei eine Himmelsmacht?« fragte Herrmann trocken.

Er ging nie in Konzerte, weil man da nicht rauchen konnte.

»Na klar ist sie eine Himmelsmacht«, Regina hielt es nun nicht länger aus, »das hättet ihr hören müssen, als früher die Orlowa zu uns kam, um zu singen, *die* Orlowa, o-oh, das war Emotion ohne Ende, meine Mutter begleitete sie auf dem Flügel, – Säälle, ich sag' nur: ruuussische Säälle. Und alle haben wir geweint.«

Das war nun wieder eine dieser Geschichten.

Regina von Kresswitz unterließ es nie, geheimnisvolle Andeutungen über ihre Herkunft zu machen, irgendeine aparte Mischung aus ostjüdischer Gelehrsamkeit und russischem Adel. So ganz genau wußte es aber niemand, und es hatte sich auch niemand je die Mühe gemacht, einmal ernsthaft nachzuforschen.

Sebastian wollte gerade eine Frage stellen, doch Theophil kam ihm zuvor. Musik, das war sein Thema, da hatte dieser Theen nichts zu suchen.

»Apropos Larmoyanz«, leitete er frech über, »letzte Woche waren wir im Konzert dieses Betroffenheitschors. *Das* – Herr Theen – *das* ist Reagenzglaskunst. Es war nicht auszuhalten. Höhere Töchter, die im Cocktailkleid jiddische Lieder singen, mit Schafsaugen und einem harten Zug um den Mund.«

Herrmann fand das absolut köstlich, da er den Dirigenten dieser Gruppe kannte.

»Das sind doch die«, sagte er mit gespielter Milde, »die letztes Jahr das Lied von den Moorsoldaten mit einem Streichquartett aufgeführt haben. Ich nenne so was, verzeihen Sie vielmals, Ökoschlampen. Daß es Männer gibt, die solche Frauen umschwärmen – unvorstellbar. Aber es gibt ja auch Frauen, die sich junge Lover halten«, wandte er sich an Stefanie, nachdem er Regina mit einem kurzen Blick gestreift hatte.

Es wurde ruhig am Tisch.

»Nun, es gibt ein großes Mißverständnis mit den jungen Lovern«, fuhr Herrmann unbeirrt fort. »Frauen, die da hineingeraten, vergessen etwas: Denn es gibt ein Vorher und ein Nachher.« Er machte eine Pause.

»Und ein Anstatt.«

Um Sebastian war's geschehen. Er lachte wieder

los, sichtbar erleichtert, einen Anlaß für einen erneuten Ausbruch gefunden zu haben, er lachte wild und hektisch, nur unterbrochen von kurzen heulenden Atmern, so daß man ernstlich um seine Luftzufuhr fürchten mußte. Die Augen weit aufgerissen, in imaginäre Abgründe des Komischen starrend, gab er sich bedingungslos hin.

Die anderen fielen ein, teilweise aus Höflichkeit, teilweise aus Gesellschaft. Sebastian lachte und lachte und suchte den Blick seiner Mitlacher, um aufs neue auszubrechen.

»Sie gefallen mir sehr«, flüsterte Sibylle Idstein ihm leise zu, denn sie spürte die nervöse Sinnlichkeit dieser unerhörten Veranstaltung.

»Eberhard Schoener, das war doch neulich magic«, versuchte die Kresswitz es aufs neue durch das Gelächter hindurch. »Der bewegt doch was, der hat's doch, think big, nicht immer diese kläglichen kleinen introvertierten Geschichten, oh no, – synergy! ich sag's ja schon immer, das ging über Satellit – wuuusch – von Japan nach Europa, außerdem holt er sich immer junge Musiker, also so was von genial . . .«

Theophil verzog das Gesicht. »Regina, bei aller Liebe, der Mann ist eine Nullnummer, es ist alles nur aufgeblasen.« Er suchte nach einer treffenden Formulierung. »Diese jungen Typen heftet er sich wie Schmetterlinge an seine leeren Fahnen!«

Ein gewagtes Bild, das anerkennend bestaunt wurde. Nur Sebastian Theen sah ihn geradezu mitleidig an.

Theophil war alles andere als ein simpler Purist, und dennoch war es ihm zuwider, wenn sich smarte Händler im Tempel der Musik breitmachten, wenn grellbunte Waren die Altäre der musikalischen Ernsthaftigkeit beleidigten, wenn das Stimmengewirr der feilschenden Kulturmarketender den Gesang der Hohepriester übertönte. Er schrieb immer wieder dagegen an, in sorgfältig ausformulierten Moderationen, in Pamphleten und verbalen Tempelaustreibungen, die ihm in all den Jahren eine kleine, aber treue Gemeinde beschert hatten.

»Und was machen Sie selber gerade?« fragte Sibylle, an Theophil gewandt. Theophil mußte sich beherrschen, um nicht zu strahlen wie ein Konfirmand. Es war selten, daß er so etwas gefragt wurde, denn Stefanies Kritiken überstrahlten seine Arbeit seit langem.

»Ich mache das Skript für eine Sendung über das Lied ›Stille Nacht‹«, antwortete er dankbar.

»Was, jetzt im Sommer?« fragte Sebastian Theen.

»Ach«, gluckste die Kresswitz, »das wärmt von innen, wenn man die Musik hört, und kühlt von außen, wenn man an den Schnee denkt.«

Wieder lachte Sebastian los. Regina warf den Kopf in den Nacken und nahm sein Lachen wie eine Flut wilder Küsse entgegen. Oh ja, sie war witzig, sie war amüsant, sie fesselte die Menschen. Sebastian entschädigte sie mehr und mehr für die Enttäuschung, die diese Einladung ihr zunächst bereitet hatte. *Art-*

Consulting, Fund-Raising und *Culture-Promoting* stand auf den lavendelfarbenen Visitenkarten, die sie unaufgefordert ausgeteilt hatte. Sie war kommunikationsbesessen. Menschen waren ihr Kapital, und wenn sie einen Raum betrat, überprüfte sie stets blitzschnell, wer wichtig war. Heute war die Ausbeute mager gewesen, jedenfalls auf den ersten Blick. Stefanie war wichtig, klar, sie hatte großen Einfluß und schrieb bisweilen selbst über Kunst, wenn auch wenig talentiert, wie Regina fand. Theophil war liebenswert, aber unwichtig, als Hörfunk-Redakteur arbeitete er schließlich unter Ausschluß der Öffentlichkeit. Diese kleine Theatermaus Sibylle Idstein war einfach déclassée, Herrmann hatte Stil, aber seine Macht war begrenzt. Einzig Sebastian Theen weckte ihr Interesse, denn man munkelte, daß er ins Kataloggeschäft einsteigen wollte. Ein Katalog für André! Das war es. Das mußte Sinn und Ziel dieses Abends sein, und ihr Lachen wurde tief und kehlig.

Sibylle starrte auf Reginas Busen, der sich unter mehreren glitzernden Stoffschichten unaufhörlich bewegte und verschob, so, als seien unter ihrem Kleid zwei junge Hunde versteckt. Ob sie wirklich einen jungen Lover hatte? Der Gedanke faszinierte Sibylle.

Der Fisch kam. Ein Lachs, der auf einem Polster von Lauchjulienne lag, überglänzt von Sahne und Butter, begleitet vom inzwischen fast penetranten Fischsud.

Zierlich handhabte Stefanie das Fischbesteck. Sie

begann nun doch, die Konstellation zu genießen, die sie sich für diesen Abend ausgedacht hatte. Regina und Herrmann waren ein unbezahlbares Gespann, voll gegenseitigen Mißtrauens, das ihnen überdeutliche, fast karikaturartige Umrisse gab. Sebastian und Sibylle hingegen, das war eine äußerst delikate Begegnung. Stefanies weiblicher Kupplerinstinkt fühlte befriedigt, daß sie sich ausgesprochen gut verstanden. Theophil sollte Sibylle nicht so mit Beschlag belegen, merkt er denn gar nichts?

»Dieser Fisch«, brachte Regina von Kresswitz kauend hervor, »so gut habe ich ihn selten gegessen, das ist really nineties, Stefanie, pureness eben, Lachs ist ja im Grunde schon fast, sorry, Stefanie, schon fast vulgär, Liebes, du weißt, wie ich das meine, nicht böse sein, ist ja alles, alles gut, aber irgendwie ist doch der Lachs heute, was früher der Nudelsalat war: ein bißchen Proll, aber trotzdem Kult, verstehst du, Stefanie, so hat es dann wieder was.«

Stefanie spürte etwas in ihrer Kehle, das sich wie eine nadelscharfe Gräte anfühlte. Eine Sekunde später wußte sie, daß es keine Gräte war. Sie schluckte.

»Aber sicher, Regina, gerade die guten Dinge werden zunehmend inflationiert, natürlich gibt es Lachs jetzt auch im Tiefkühlfach, bei diesen Single-Fertiggerichten, die du im Eisschrank stapelst, die Dinger sollen ja in der Tat gar nicht so schlecht sein. Drüben im Amiland nennt man das TV-Dinner, wußtest du das? Hat ja wieder was, Single-Tristesse in Alufolie, ißt du das eigentlich auch immer allein vor dem Fernseher? Stilecht zur Billig-Soap?«

Regina blinzelte fassungslos, dann lachte sie dermaßen vorsätzlich, daß jedes sonore »Ha« ihres »Ha-Ha« einsam und plump ihren Körper verließ, diesen voluminösen Körper, der vorgab, von Erheiterung geschüttelt zu werden.

Sie sieht aus wie ein dicker alter Pinguin, der eine Treppe hinunterhüpft, dachte Stefanie tief befriedigt.

Herrmann Grünberg befühlte die beruhigende Fülle der Zigarettenschachteln in seiner Anzugjacke. »Der Wein ist nicht übel«, sagte er leichthin und nahm einen langen Schluck.

»Entre-deux-mers zum Lachs, das ist nicht ganz unumstritten«, raunte Sebastian Theen zu Sibylle Idstein hinüber, doch laut genug, daß Stefanie es hörte.

Ihr wurde kalt. Irgend etwas lief hier aus dem Ruder, und an allem war nur Regina schuld, dieser kostümierte Heißluftballon. Was für ein unverzeihlicher Fehler, sie mit einer Einladung zu einem gesetzten Essen auszuzeichnen. Daß Sebastian nun auch noch nachzog, war katastrophal. Stefanie straffte sich unwillkürlich. Nichts durfte ihre Autorität erschüttern, denn sie ahnte, daß eine Frau, die in der Küche versagte, ihren Ruf als Intellektuelle schnell verspielt hatte.

»Oh, liebster Sebastian, da ist Ihnen sicherlich entgangen, daß die Vereinigung der Sommeliers

schon seit Jahren diese Kombination geradezu predigt. Natürlich sollte man sich nicht sklavisch irgendwelchen Diktaten unterwerfen, doch in diesem Fall habe ich sogar meinen kulinarischen Kritikerkollegen konsultiert, Sie wissen schon, Maître Haferbeck, und der hat mich geradezu beschworen, wirklich, rührend war das, als hätte er Angst, ich nähme Schaden an meiner Seele, wenn ich den falschen Wein auswähle, wie gesagt, beschworen hat er mich, daß ich unbedingt diesen Entre-deux-mers akzeptieren soll, denn« – Stefanie hatte aufs Geratewohl geschwindelt und krönte ihre Geschichte nun mit einer Schlußpointe – »denn er selber war es, der diesen Wein für mich besorgt hat« – sie lächelte Theophil an, der sie entgeistert ansah, Idiot, laß mich jetzt bloß nicht im Stich – »dieser Haferbeck ist ja ein Tausendsassa, hat immer seine geheimen Kanäle, und man sagt ja, daß er vom Wein *fast* noch mehr versteht als vom Essen!«

»Aber, liebste Stefanie, das war doch nur ein Scherz, eine kleine Frotzelei«, rief Sebastian Theen, und er schien fast erschrocken zu sein über die wortreiche Rechtfertigung, die er ausgelöst hatte.

Da war sie wieder, die Gräte. Stefanie sah hilfesuchend zu Theophil hinüber, doch der starrte nur auf seinen Teller.

Regina hatte sich unterdessen erholt und nutzte die peinliche Pause, die entstanden war.

»Wißt ihr, daß Schult demnächst in der Stadt ist?

Ein Ekel, aber irgendwie spannend, ich organisiere ein Dinner, so ein round-table-talk mit Essen, Ihr müßt un-be-dingt alle kommen, es wird sehr witzig, Pao macht uns einen schönen Tisch, und Haußmann hat schon zugesagt!«

Angewidert griff Sibylle Idstein zum Glas.

»Dieser Schult ist gräßlich. Haben Sie ihn neulich gesehen, wie er sich den Kulturjournalisten an den Hals warf? Er ist ein haltloser Panegyriker!«

»Ein viel zu schönes Wort für diesen Mann«, sagte Sebastian Theen.

»Haußmann, najaaa«, kommentierte Herrmann Grünberg gedehnt die Kresswitzsche Euphorie, »ein netter Mensch, ohne Zweifel, doch wer schenkt ihm endlich mal einen Blindenhund?«

»Übertreiben Sie nicht etwas?« fragte Theophil diplomatisch.

»Nein, nicht die Spur.« Herrmanns Stimme wurde perfide sanft. »Schauen Sie mal, der Mann schreibt ein ganzes Buch darüber, ob der Mann auf Manets Nana-Bild einen Zylinder deshalb auf dem Kopfe trägt, weil er ein Freier ist, der nach dem Akt schnell wieder verschwinden will, oder ob er der brave Ehemann ist, der angezogen geduldig wartet, daß seine Frau endlich ihre Toilette beendet für die Einladung, zu der sie gemeinsam gehen werden. Aber jeder vernünftige Mensch weiß doch, daß der Zylinder deshalb auf dem Bild ist, weil Manet an dieser Stelle ein Schwarz haben will.«

Regina von Kresswitz war Widerspruch gewohnt, besonders von Herrmann, und ließ sich überhaupt nicht beirren.

»Naja, aber ich habe eine Presseankündigung für Schult gestrickt, in die ich«, sie machte eine kleine Pause, um die Gewähltheit des folgenden Wortes zu betonen, »– antizipierend die mögliche Kritik hineinbacke.«

In die allgemeine Entrüstung hinein flüsterte Herrmann schadenfroh auf Stefanie ein: »Ist sie nicht herrlich? Sie entlarvt sich immer wieder durch diese Hausfrauenmetaphern, sie strickt und kocht und rührt, genau das ist es.«

Stefanie nickte erleichtert. Wenigstens einer, der zu ihr hielt. »Erstaunlich, daß sie sich überhaupt noch in der Szene hält. Ehrlich gesagt, sie hat stark verloren, die Gute – oder bin ich etwa ungerecht, Herrmann?«

»Nein, nein« – Herrmann löschte seine Zigarette, »und wenn, dann ist das Ihr gutes Recht, liebe Stefanie.«

»Ach, wißt ihr übrigens, was *der* Renner wird, im komatösen Buchgewerbe?« Regina war in Fahrt gekommen. Sie mußte es schlau anstellen mit dieser Katalog-Nummer, und genau das wollte sie jetzt tun.

»Kataloge!« platzte sie triumphierend heraus. »Oh yeah! Die Leute wollen Bilder, Bilder, Bilder, sie lesen ja nicht mehr, sie wollen ein dickes, dickes, großes Buch mit vielen bunten Bildern drin und, naja, mit einem klitzekleinen Text vielleicht, der ihnen sagt, was sie von den Bildern halten sollen! Na, ihr wißt schon, die Renaissance des coffeetable-books, aber diesmal richtig hip, junge Künstler, dingdong, das klingelt in der Kasse, sagte mir noch vorgestern Leo in New York, der druckt das Zeug, sind ganz unbekannte junge Mäuse, und die audience« – sie hob die Hände, um eine unsichtbare Käuferschar an eine ebenso unsichtbare Kasse zu dirigieren – »die strömt und kauft, einfach crazy, die wollen es, die steh'n drauf!« Sie nickte Sebastian aufmunternd zu. Beiß schon an, du grauer kleiner Fisch.

»Ach ja?« Sebastian schien in der Tat interessiert zu sein. »Gnädigste, das ist ja hochspannend, erzählen Sie, was sind denn das für, – äh, Mäuse?«

»Na, eben diese gefährdeten und so einmalig begabten street boys, da geht was ab, liebster Sebastian! Und, stellen Sie sich vor, auch hier geht das jetzt los. Ich habe gerade einen Beratervertrag geschnackelt mit einem Jungen, von dem spricht bald tout le monde, er heißt André und macht Dinger, also, das ist der Wahnsinn!«

»Und was genau macht er, ich meine, malt er oder sprayt er oder gipst er? Oder gehört er etwa zu diesen hochsuspekten Wesen, die glauben, daß man mit einer Videokamera malen kann?« Sebastian war nicht gerade eben aufgeschlossen. Vorsicht, dachte Regina. Step by step, so einfach ist der nicht zu knacken.

»Also, beschreiben kann man das eigentlich gar nicht, das muß der junge Mann schon selber erzählen! Wissen Sie was? Vielleicht kommt er nachher noch vorbei!«

»Aha. Nun gut.« Sebastian klang nicht sehr euphorisch. Ihm graute vor diesen schrecklich kreativen jungen Leuten.

Das wird noch, dachte Regina. Wenn er ihn nur erst einmal kennenlernt, dann wuppt das schon.

Kataloge! Stefanie blickte haßerfüllt zu Regina. Das war schon frech, was da jetzt lief. Nun bunkert sie auch noch Sebastian für ihren Gigolo. Wenn hier und heute ein Projekt beschlossen wird, dann meine Kritiken und nichts anderes.

»Kataloge . . . ich weiß nicht recht«, setzte sie nach. »Das ist doch so furchtbar temporär, Sie glauben gar nicht, liebster Sebastian, wie ich mit Katalogen bemustert, geradezu überschüttet werde. Die wandern meist schon nach ein paar Tagen ins Antiquariat. Die Rembrandts und van Goghs sind heute eben nicht gerade üppig gesät, was bleibt schon übrig von diesen jungen Talenten? Wir leben schließlich in einer Zeit der Bilderflut, des medialen Overkills. Profilieren kann sich ein Verlag da nur mit Texten, deren Haltbarkeitsdatum das eines Joghurt-Bechers überschreitet – und Ihr Verlag, Sebastian, hat sich ja Gottseidank immer an diesen Qualitätslevel gehalten – brillante Essays, gescheite Zeitdiagnosen, alles weit weg vom Mainstream, genau das bewundere ich an Ihnen!«

Stefanie hob ihr Glas und prostete Sebastian zu. Dann schaute sie zu Theophil, ob er ihr zu Hilfe kam, doch offenbar hatte er sich völlig ausgeklinkt. Als Gastgeber war er eine Null. Stefanie fixierte ihn eine Weile, doch er blieb völlig unberührt von ihrem Blick.

Theophil aß noch immer schweigend. Stefanie war total verrückt geworden, so viel war klar. Wie schauderhaft, diese Weingeschichte, dabei hatte er selber den Wein gekauft und herangeschleppt, und dieser blöde Entre-deux-mers war nicht einmal besonders teuer gewesen. Gesetztes Essen, ach du Elend. Ein Ritual eben, das alle neurotisch machte. Er beschloß, wenigstens den Lachs zu genießen. Unbeirrt und voller Liebe zerteilte er den mürben Fisch und genoß die kleinen feuchten Stellen, die sich zwischen den Fasern auftaten. Er konnte immer wieder staunen über gewisse Zartheiten, die das Leben für ihn bereithielt und mit denen er nicht rechnete. Er hatte das Bedürfnis, den Wein hörbar zu schlürfen, zu schmatzen, zu kleckern. Mein Gott, wie zivilisiert sie doch alle waren. Manchmal, wenn er allein war, weil Stefanie an irgendeiner deutschsprachigen Bühne ein Stück begutachtete, genoß er es, mit aufgestützten Ellenbogen am Küchentisch zu sitzen und hemmungslos zu essen, gierig und doch langsam, während ihm Brocken von der Gabel fielen und Fett sein Kinn verschmierte. Was für ein merkwürdiger Brauch, diese gemeinsame Nahrungsaufnahme, schließlich betrieben sie ja auch keinen Gruppensex.

»Theophil, wir haben nichts zu trinken.« Stefanies Stimme war freundlich, aber fordernd.

»Moment, Moment, dieses Essen muß nun mal gewürdigt werden«, erwiderte Theophil unwillig, jäh seinen Gedanken entrissen.

»Es ist ein Jammer, daß deine Hartnäckigkeit deinen Charme bei weitem in den Schatten stellt«, sagte Stefanie.

»Oscar Wilde?« fragte Theophil.

»Nein, ›Ein Amerikaner in Paris‹.«

Theophil erhob sich langsam und steuerte die Küche an. Jetzt ein Bier, das wär's.

Maria saß am Küchentisch. Auf seinem Stuhl. Sie lächelte ihn an, so als ob sie ahnte, was ihm gerade durch den Kopf ging. »Durstig?«

Theophil nickte.

»Ein Bier?«

»Später, Maria, später.«

»Sehr sympathisch, Ihr Besuch«, sagte sie aufmunternd.

»Hm, ja.«

Theophil fand sie einfach appetitlich. Sie war noch ziemlich jung, vielleicht zwanzig – oder dreißig, Theophil kannte sich da nicht so aus. Aber jung war sie, keine Frage, und sie hatte leise das Radio angestellt. Ein altes Stück von Art Tatum. Immerhin, das hätte Theophil nicht vermutet.

»Sie mögen diese Musik?« fragte er überflüssigerweise, und nun nickte Maria.

Hübsch sieht sie aus in diesem Kleid, ganz schön verwirrend. Noch mal kann ich ihr das nicht sagen.

»Hübsch sehen Sie aus«, sagte Theophil.

»Oh, vielen Dank, Herr Krug.«

Marias Gesicht leuchtete. Sie stand auf.

»Noch etwas Wein?« fragte sie sanft.

»Entre-deux-mers«, murmelte Theophil. Er stand jetzt ganz dicht vor Maria. »Zwischen zwei Meeren.« Er schwankte wie auf einer Schiffsplanke. Sie duftete nach Vanille und Fisch. Seine Hand berührte ihre Wange. Das war doch eher väterlich, oder.

»Wirklich hübsch«, flüsterte er.

Ich Idiot. Maria nahm seine Hand und hielt sie in der ihren. Sie war überhaupt nicht verwirrt.

»Im Kühlschrank liegen noch ein paar Flaschen«, flüsterte sie.

Idiot, Idiot, Idiot. Dann küßte er sie auf die Stirn.

»Sie müssen schön kalt sein«, flüsterte er.

»Ja, das sind sie, schön kalt.«

Sie trägt Stefanies Kleid, dachte er und berührte den Stoff dort, wo er sich über der Hüfte spannte. Sie sorgt für mich. Sie kennt meine Wäsche besser als Stefanie. Alles was ich trage, geht durch ihre Hände. Sie bügelt meine Hemden und sie faltet meine Boxer-Shorts. Er hätte gern seinen Kopf an ihre Schulter gelegt. Er spürte ein Schluchzen. Maria fuhr mit den Fingern durch sein Haar. Theophil stöhnte. Ich hatte es vergessen. Dieses Wohlgefühl, als ob sich im Innern meines Körpers sacht eine Hand schließt.

Er löste sich aus der Umarmung, tastete überwältigt, blind nach den kalten Weinflaschen im Kühlschrank und floh aus der Küche. Vor dem großen Spiegel im Flur wischte er unbeholfen die Spuren von Erdbeeren und Himbeeren von seiner Wange.

Leise pfeifend kehrte Theophil ins Eßzimmer zurück. Sein Gesicht war noch stärker gerötet als vorher, und seine Augen hinter der Hornbrille glänzten. Er hatte ein angenehmes Gefühl der Geschmeidigkeit, so als sei sein ganzer Bewegungsapparat geölt worden.

»Es gibt da so Stücke von Art Tatum, die haben eine ganz eigenartige Verzögerungserotik«, wandte er sich unvermittelt an Sibylle Idstein.

Sie blickte ihn an und erschrak fast. Sein Gesicht, dieses Gesicht, was war damit passiert?

»Ja, doch . . .«, sie suchte schnell nach einem verwandten Beispiel, um ihre Irritation zu verbergen. Sie ahnte die Gegenwart einer geradezu überirdischen Macht.

»Bei Wagner geht es mir auch immer so, diese endlosen Steigerungen ohne Erfüllung . . . möglicherweise ein früher Virtuose des Delays?«

Was schwätzte sie nur daher?

»Wagner?« Theophil gab den Entrüsteten. »Verglichen mit Rossini etwa ist doch Wagners Einfallsrate pro Minute nicht eben hoch, alles wird zerdehnt, noch einmal mit einer anderen Instrumentierung beleuchtet. Sehen Sie sich dagegen mal die Fülle der

Einfälle, der musikalischen Wechsel bei Rossini an, ständig fällt ihm etwas Neues ein, ständig springt er und wechselt er Stimmungen, ein Füllhorn der Ideen.«

Er stellte beschämt fest, daß er nicht meinte, was er sagte, doch er hatte das unbestimmte Gefühl, daß es sich ganz gut anhörte. Sibylle spürte die Verwirrung, die sie beide befallen hatte, und nahm einen Bissen der hauchdünnen Lauchstreifen. Aus irgendeinem Grunde konnte sich Theophil nicht von diesem Thema trennen.

»Die Erotik der Musik« – er warf einen schnellen Blick auf Stefanie, die sich im intensiven Zwiegespräch mit Sebastian Theen befand – »ist etwas sehr Merkwürdiges. Es ist doch wohl zumeist ein Akt der Konditionierung. Ich meine, wenn man eine Musik in einer spezifischen Situation gehört hat, dann erinnert man sich unbewußt immer wieder an diese Situation, sobald jene Musik erklingt.«

»Meinen Sie nicht«, entgegnete Sibylle versonnen, »daß es gewisse Parallelen von Steigerung und Erfüllung gibt, die ins Reich des Erotischen weisen und die intuitiv empfunden werden?«

»Doch, möglicherweise, aber wer schützt uns hier vor Banalitäten?«

»Nun«, Sibylle lehnte sich siegesgewiß zurück, ich bin betrunken, dachte sie, es ist immer dasselbe, immer trinke ich zu schnell vor dem Essen und dann bin ich betrunken, »davor schützt uns doch wohl die

Authentizität des einen, unwiederholbaren Augenblicks, die Raserei des immer Neuen, die Räusche unverstellter Sinnlichkeit, fern jeder entfremdeten Ratio, die zu eindimensionalem Zweckrationalismus verkommen ist«, sie geriet reflexhaft in den Tonfall ihrer Referate von einst und legte eine Hand auf Theophils Tweedärmel, während sie mit der anderen das Weinglas ergriff.

»Das Weinen, die Untreue«, fuhr sie fort, »die Hingabe, das brüllende Tier in uns, das keine Zivilisation zu bändigen vermag.«

Sie nahm einen großen Schluck, setzte schnell das Glas hin und ergriff mit beiden Händen Theophils Arm. Ihre Stimme wurde grell.

»Das große lachende Leben und nicht zuletzt das, was bürgerliche Ratio als Liebe ausgibt und was doch immer nur körperhaftes Entzücken sein kann, grausame Lust . . .«

»Worüber unterhaltet ihr euch eigentlich?«

Stefanie gab sich Mühe, ihrer Stimme einen entspannt neugierigen Klang zu geben. Sibylle und Theophil hatten nicht bemerkt, daß es still am Tisch geworden war. Sibylle hatte jedoch das unerschütterliche Empfinden, mit einer Rüstung aus Worten gegürtet zu sein.

»Wir sprachen gerade über den wunderbaren Film ›Die letzte Nacht des Boris Gruschenko‹ von Woody Allen.«

Sie genoß Theophils überraschten Blick.

»Dort gibt es eine bemerkenswerte junge Frau. Sie spricht davon, daß sie die Gipfel der Leidenschaft erstürmen möchte, und entwirft das Bild des idealen Mannes, der drei Eigenschaften aufweisen muß.«

Sie blickte übermütig in die erwartungsvollen Gesichter.

»Nun, was ist es?« fragte Regina von Kresswitz erregt, sie war aufgedreht von Essen und Wein, und ihr Instinkt sagte ihr, daß eine gewisse Anspannung in der Luft lag, die auf Entladung drängte.

»Tja, der Mann ihrer Träume muß die drei Geheimnisse der Liebe in sich vereinen: Intellekt, überragenden Geist und brutalen Sex.«

Sebastian lachte mit solch einer Wucht los, daß Stefanie unwillkürlich sein Weinglas zur Seite rückte. Das Lachen war erlösend, Herrmanns Erheiterung klang wie ein Hustenanfall, Regina stieß spitze Schreie aus, Theophil lachte haltloser als sonst und Stefanie aus purer Gesellschaft.

»Oversexed and underfucked, liege ich richtig?« raunte Theophil Sibylle mit plötzlich aufblitzender Unverfrorenheit zu, und sie schloß die Augen und schob sich eine Zigarette zwischen die Lippen. Theophil gab ihr Feuer und zündete sich mit demselben Streichholz ebenfalls eine Zigarette an. Wann hatte er so was zum letzten Mal gemacht? War lange her. Er blies das Streichholz aus.

»Entgegen anderslautenden Gerüchten reden wir zu viel von Gefühlen und zu wenig über Sex«, sagte

Sibylle leise und blies den Rauch in Theophils Richtung.

Herrmann betrachtete Sibylle mit Interesse. Sie hatte sich weit vorgewagt. Er hingegen zog sich bei diesem Thema zumeist damit aus der Affäre, abstruse Details entlegener Leidenschaften zum Besten zu geben, die niemals etwas über seine eigenen Vorlieben verrieten. Eine seiner Lieblingsgeschichten war die eines Kubaners, der in einem Varieté in Havanna nackt die Bühne betrat, sich auf einen Stuhl setzte und die Augen schloß, voller Konzentration, während sein Geschlecht sich männlich erhob, um sich schließlich, ohne jede manuelle Unterstützung, kraftvoll zu ergießen.

»Geheimnisse der Liebe, ach ja, die wollte ich vor kurzem auch erfahren.« Herrmann machte eine seiner berühmten rhetorischen Pausen, die er, so sagte er gern, Fidel Castro abgeschaut hatte. Alle blickten zu ihm.

»Und wohin geht man, um sie zu erfahren? Richtig, in die einschlägigen Etablissements, über deren Mangel wir uns ja in dieser Stadt nicht zu beklagen haben. Also steige ich, obwohl ein armer alter Mann, die steilen Treppen hoch, es war wie ein Gang zum Schafott, na, die Treppen führten zu einer wohlbeleumundeten Bar, und was sehe ich dort oben? Eine Dame, wie von Botero gemalt: aufgeschwemmt, fett wie eine Made und mit riesigen Brüsten, die nackt auf dem Tresen neben halbleeren Biergläsern liegen – ich sage immer: Eine anständige Frau hat keinen großen Busen – nun, sie gibt mir ein warmes Bier und fängt an zu reden, das übliche eben, doch mit einem eigenartigen Akzent.« Herrmann zündete sich eine Zigarette an und nahm einen Schluck Whiskey.

»Wissen Sie, was dieses Wesen war? Ein umoperierter chilenischer Guerillero! Der streifte sich dann schamhaft eine Tüllbluse über die monströsen Brüste, um mit mir ein wenig über Aspekte des südamerikanischen Marxismus zu plaudern!«

»Das haben Sie erfunden!« rief Sibylle Idstein.

»Aber nein!« Herrmann blieb ganz ruhig. »In Sachen Marxismus – Leninismus – Sozialismus kenne ich mich aus. Wissen Sie«, wandte er sich an Sibylle, »wie Karl Kraus den Sozialismus definierte?«

Sibylle sah ihn erwartungsvoll an, ebenso Sebastian Theen.

»Das sei«, so sprach Herrmann betont langsam, »als ob Karl Marx in die Turnstunde zu Vater Jahn geht.«

Ins Gelächter rief Sibylle: »Oh, das ist wundervoll, genau, genau, die Verbindung von Utopie und Spießigkeit! Das gibt es ja heute noch, oh oh, ich kenne diese Typen!«

Stefanie fixierte Sibylle. Dreht ganz schön auf, die Kleine, dachte sie. Macht ein bißchen zu viel. Sie nutzte das Lachen, um schnell Sebastian Theen zuzuflüstern: »Sie hat nicht viel Glück mit Männern. Gesinnungsfeste Loser, mickrige Regieassistenten, der letzte war ein Bühnenbildner, der mit Laserlicht arbeitete, ein furchtbarer Kunstgewerbler.«

Sebastian schien unangenehm berührt. Er hüstelte und sah sich nach der Weinflasche um.

»Apropos Utopie und Spießigkeit –«, Sibylle knöpfte ihre Kostümjacke auf, »wir arbeiten auf der Werkstattbühne an einem Stück über die Ménage à trois, wußten Sie das, Stefanie? Es geht um das fatale Dreieck, und es spielen nur Frauen mit, späte Gerechtigkeit, sozusagen . . .«

»Und was ist mit den Vierecken und Fünfecken?« gluckste Regina. »Das Dreieck ist ja wohl eher die Variante für Phantasielose!«

»Oh ja, verehrte Frau von Kresswitz, die Geometrie der Leidenschaften hält in der Tat noch eine ganze Menge Möglichkeiten bereit!« rief Sebastian mit neckischem Lachen.

Sibylle ließ sich nicht beirren. »Der Abend heißt ›Geliebte Betrogene – Betrogene Geliebte‹«, schwärmte sie, »und das Ganze ist eine – sagen wir mal, eine offene Form, eine Improvisation, die Schauspielerinnen schreiben nämlich ihren Text selber, sie bringen ihre eigene Geschichte ein, ihre eigene Identität . . .«

»Ach, es ist doch ein Jammer mit den Schauspielerinnen«, sagte Herrmann, »immer wollen sie eine Identität haben. Ich verstehe das nicht. Ein Hochstapler ist doch auch froh, wenn er keine Identität hat . . .«

»Jedenfalls wird das eine sehr – außergewöhnliche Arbeit«, schloß Sibylle und bemerkte mit Bedauern, daß sie lieber ›eine spannende Arbeit‹ gesagt hätte, »möglicherweise kommen Sie mal in eine Probe, Stefanie . . .«

Na los, dachte sie. Dieser Abend soll nicht umsonst gewesen sein. Soo brillant kocht die gute Stefanie nun auch wieder nicht. Typische Hausfrauenkost, zu fett und zu schwer. Aber eine Besprechung von ihr, oder sogar ein Probenbericht – das würde Sibylles Standing im Theater ganz schön heben.

Stefanie tat so, als ob sie den Wein in ihrem Glas betrachtete. Das könnte Sibylle so passen. Das fatale Dreieck. Hat die sonst keine Sorgen? Den Teufel werde ich tun, mir so eine Chaosprobe anzusehen. Eine »Improvisation«, wenn ich das schon höre. Altmodisch und überflüssig. Über so was schreibe ich nicht eine einzige Zeile. Einfach unappetitlich.

»Mal sehen . . .«, sagte sie zögernd. »Auf der anderen Seite – Dreieck, Bäumchen-wechsel-dich, das hat ja auch die Anmutung eines Spiels, nicht wahr?«

»Hm, schon . . .« Sibylle hatte keine Ahnung, worauf Stefanie hinauswollte.

»Nun, das Spielerische ist ja zuweilen ein überaus fruchtbares Korrektiv zum Intellekt. Und in den ganz raren Momenten des Theaters vermag das Spiel gar den Intellekt zum Tanzen zu bringen!«

»Kann man so sagen«, erwiderte Sibylle zögernd. Irgendwie klang das nach Nietzsche, aber ganz sicher war sie sich nicht. Also besser nicht nachhaken.

»Apropos Spiel – gehen Sie noch immer zu diesen

Spielabenden, von denen man so viel hört?« fragte nun Stefanie.

Sibylle lächelte. Ach so. Das ist es also, die Spielabende. Stefanie will partout eingeladen werden und schafft es nicht. Na, strampel nur, es wird dabei bleiben.

»Doch, doch, das ist immer ganz amüsant«, sagte Sibylle betont zurückhaltend.

»Wie – Spielabende?« fragte Regina und kicherte. »Sackhüpfen und Topfschlagen? You're kidding!«

»Der Spielabend – das ist, so hört man, in dieser Stadt das letzte Relikt eines großbürgerlichen Salons«, seufzte Sebastian. Auch er hatte sich vergeblich bemüht, einmal eingeladen zu werden.

»Man hört von erstaunlichen Karrieren, die dort beschlossen werden«, warf Herrmann ein. »Es soll dort um Rezensionen gepokert werden. Wer verliert, muß jemanden loben, den der Gewinner vorschlägt.«

»Aber nein«, Sibylle stützte das Kinn in die Hand. Sie genoß sichtlich die Mutmaßungen über jenen mysteriösen Jour fixe.

»Es ist alles ganz harmlos. Scrabble. Doppelkopf. Ein bißchen Skat, ein bißchen Blackjack, Kartoffelsalat und Würstchen in der Küche . . .«

»Wie – harmlos?« Regina zog einen silbernen Clip vom Ohr und rieb ungeduldig ihr rotes Ohrläppchen. Dieser Spielabend schien alles andere als harmlos zu sein. Verdammt. Wieso wußte sie nichts davon? »Und wer spielt da so, Schätzchen?«

»Na –, Schmilinsky natürlich«, sagte Sibylle langsam und sah mit Vergnügen, wie Stefanies Augen sich zornig verkleinerten, »und all die anderen eben, vom ›Magazin‹, vom ›Blitz‹, ein bißchen Fernsehen, ein bißchen Feuilleton, ein Dichter, ein Bauer, von allem was, naja, über mangelnden Einfluß können die sich alle nicht beklagen, das ist schon richtig ...«

»Die Untertreibung schmückt Sie, werte Sibylle, in Wahrheit handelt es sich doch wohl um eine gleichermaßen prominente wie konspirative Vereinigung, die unter dem Deckmantel tschechowschen Divertissements Kulturpolitik macht«, fiel Sebastian ihr ins Wort.

»Ich glaube, das gute alte Wort ›Mafia‹ wäre passender«, merkte Herrmann Grünberg an.

»Bingo! Das ist mein Ding – so eine nette kleine Gameshow, ich bin ja ein richtiger Maniac, wenn es um Karten geht!« Regina steckte aufgeregt den Ohrclip an seinen Platz zurück. »Klingeln Sie doch mal durch, Schätzchen, wenn Sie das nächste Mal loslegen, dann mische ich die Runde ein bißchen auf, aber volle power!« rief sie in Sibylles Richtung.

Alle schwiegen.

»Hm, ehrlich gesagt, das ist nicht so einfach ...«, erwiderte Sibylle.

»Das ist auch mehr etwas für Kritiker und Vordenker an vorderster Front, würde ich sagen.« Stefanie lächelte süß zu Regina hinüber und wandte sich dann an Sibylle. »Nicht wahr, Sibylle? Ich muß gestehen, reizen würde es mich schon, den werten Kollegen mal beim Scrabbeln über die Schulter zu sehen.«

»Oh Stefanie, ich glaube nicht, daß das etwas für Sie wäre. Sie sind so – so intellektuell, so feinfühlig, nein, wenn ich es mir recht überlege, es geht doch manchmal eher rustikal zu. Skat und so, das ist einfach nicht Ihr Stil, das ist – wie soll ich sagen – gewissermaßen eher Bier als Wein, verstehen Sie? Sie wären tief enttäuscht!«

Sibylle lehnte sich zurück und gab sich alle Mühe, ein Triumphlächeln zu unterdrücken. Du nicht, dachte sie. Auf keinen Fall. Es sei denn, es bahnt sich ein kleines Kompensationsgeschäft an. Aber ein ausführlicher Probenbericht müßte es schon sein.

Sibylle griff zum Glas. »Aber wenn die Mechanik des Spiels Sie so leidenschaftlich interessiert, liebe Stefanie, dann möchte ich Ihnen noch einmal unser Stück ans Herz legen, vielleicht fangen Sie ja Feuer!«

Stefanie saß da wie geohrfeigt. So intellektuell, so feinfühlig, so ein mieses kleines Biest. Dabei wußte doch jeder, daß Sibylle nur deshalb mitspielen durfte in der Tafelrunde der Kultur, weil sie mal etwas mit Müller-Lansky hatte.

Maria trat ein und unterbrach die Stille, die eingetreten war. »Der Lammrücken ist fast fertig, wollen Sie mal sehen, Frau Krug?«

Maria vermied es, Theophil anzublicken.

Stefanie eilte in die Küche. Sie öffnete die Tür des Backofens und wich vor der Hitze zurück. Der Lammrücken sah wundervoll aus. Stolz bog er sich ausgelöst auf dem Knochen und war doch, wie Stefanie wußte, außerordentlich bedroht von der Hitze des wenig zartfühlenden Elektroherdes.

»Haben Sie ihn zwischendurch begossen?« fragte sie vorsichtshalber.

»Natürlich, Frau Krug, alle fünf Minuten, so wie Sie mir gesagt haben.«

Maria war zwar immer ein wenig skeptisch, was den Kochstil der Krugs betraf, doch sie war zuverlässig.

»Sind die Rotweingläser schon auf dem Tisch?«

»Aber ja«, antwortete Maria geduldig.

Sie hatte von Anfang an bemerkt, daß die Krugs meist Fragen stellten, deren Antwort sie bereits wußten.

Stefanie goß mit Marias Hilfe den Fond aus dem gußeisernen Topf in eine kleine Kasserolle. Die Herstellung der Sauce war diejenige Phase des Kochens, die ihrem Temperament am meisten entgegenkam. So wie sie auch sonst im Leben eher das Konzentrierte bevorzugte, das Knappe, Prägnante, und ohne größere Umwege in allen Lebenslagen schnell zur Sache kam, bevorzugte sie auch beim Essen die eindeutige Formulierung. Nicht eben schmucklos, aber doch ohne unnötiges Beiwerk.

Theophil war da ganz anders. Er verlor sich gern in Randerscheinungen und Kleinigkeiten, geriet in umständliche Begeisterung über Details, gab sich etwa ganz der Konsistenz irgendwelcher Beilagen hin und vermied es zumeist, Überblick zu gewinnen. Stefanie empfand es als Segen, daß er noch rechtzeitig eine Lebensstellung in seiner öffentlichen Anstalt bekommen hatte, wo verträumte Sekretärinnen ihm willig Kaffee kochten und seine Monologe über Musik und die Welt bestaunten.

»Maria, bitten Sie doch mal meinen Mann, den Rotwein einzuschenken.«

Stefanie hatte es nicht gern, wenn man ihr beim Kochen zusah, denn sie fand, daß es eine geradezu intime Angelegenheit sei. Das Einmontieren kleiner kalter Butterstückchen, das letzte Abschmecken versetzten sie stets in einen Aufruhr, der sich erst legte, wenn ein Gast das Essen lobte. *Wenn* ein Gast das Essen lobte. Heute konnte man sich nicht so sicher sein.

Regina gehörte wirklich auf die schwarze Liste. Lachs vulgär? Unglaublich. Aber der Fleischgang war unanfechtbar, da war sich Stefanie sicher. Zu dumm, diese Weingeschichte. Ganz locker, Bauchatmung, na also.

Das Fleisch hatte ein paar Minuten unter Alufolie geruht, jetzt hob Stefanie es vorsichtig auf eine gewärmte Platte. In seiner ganzen Pracht lag es da, und ein betörender, leicht süßlicher Geruch erfüllte die Küche.

»Der Rotwein ist eingeschenkt, Frau Krug.«

Maria war in die Küche zurückgekehrt, und wenn

Stefanie sie beachtet hätte, so wäre ihr aufgefallen, daß der Widerschein eines Lächelns auf Marias Gesicht lag, der Abglanz eines kurzen Blickwechsels mit Theophil.

»Gut, nehmen Sie bitte das Kartoffelgratin.«

Gelb leuchtend lag es in der Form, mit feinen braunen Verkrustungen, und unmerklich hoben sich die winzigen Würfel von Knoblauch ab, kleine Sprengsätze, die ungeduldig auf die Berührung von Lippen, Zähnen, Zungen, Gaumen warteten.

Stefanie erschien die sonst bis zum Überdruß vertraute Küche an solchen Abenden immer als Backstage, wo große Auftritte vorbereitet werden und wo sich ein schwer zu bändigendes Lampenfieber breitmacht.

Nie hatte sich die Aufregung gegeben, die sie immer noch ergriff, wenn sie in einem Theater hinter der Bühne stand. Sie konnte sich nicht sattsehen an der kostümierten Sängerin, die barfuß auf einem schmutzigen Schemel hockte und auf ihren Auftritt wartete. Sie beobachtete mit unverhohlenem Interesse die Bühnenarbeiter, die ihr rätselhaft sinnvolles Handwerk mit Gleichmut betrieben. Neulich war einer dieser Bühnenarbeiter mit ihr auf den Schnürboden hinaufgefahren, in einem winzigen Aufzug. Ein kesser Typ, der schon den ganzen Tag um sie herumgestrichen war. Sie erzählte später mit herzlichem Lachen, was sich in diesem Aufzug zugetragen hatte. Der Bühnenarbeiter hatte sich plötzlich an die

Wand des engen Fahrstuhls gedrückt und gerufen: »Ich tu' Ihnen nichts, wirklich, ich tu' Ihnen nichts, ich bin nämlich so gut wie verheiratet!«

Einfach absurd. Immerhin, ganz so gleichgültig war Stefanie diese kleine Avance auch wieder nicht gewesen. Es war selten geworden, daß sie bei Männern Begehren spürte und nicht nur höfliches Interesse. Jetzt bloß keinen Fleck aufs Kleid machen. Schon aus Prinzip trug sie nie eine Schürze. Ein Bühnenarbeiter. Das karierte Hemd bis zum Bauchnabel geöffnet. Frischer Schweißgeruch. Der Schneebesen flog durch die Sauce. Verdreckte Hose. Flackernder Blick. So, das war's. Sie goß die Sauce über das Lamm und trug die Platte ins Eßzimmer.

»Meine Liebe, wie machen Sie es nur, so phantastisch zu kochen und dabei so gut auszusehen?« fragte Sebastian mit gespieltem Staunen und erntete einen dankbaren Blick.

»Wer schneidet den Lammrücken an? Theophil, du vielleicht?«

Theophil sah wie ertappt zu Stefanie herüber, er hatte sich in ein Gespräch mit Regina hineinziehen lassen, und voller Nostalgie beschworen sie gerade die lieblichen fernen Ufer einer nie ausgelebten Leidenschaft.

»Nein, lassen Sie mich das machen«, mit diesen Worten stand Sebastian Theen auf und ergriff beherzt das Tranchierbesteck. »Wissen Sie, solch ein Essen ist für mich die Krönung der Tafelfreuden, ich hasse alles, was schnell zubereitet wird, langsame Hitze, das ist das Geheimnis, langsame Hitze. Gibt es etwas Scheußlicheres als dies sogenannte Kurzgebratene? Und dann womöglich noch einen Salat? Wo bleibt da die Kultur? Schließlich stehen wir am Ende der Nahrungskette, und ich weigere mich, Grünzeug in anderer Form zu mir zu nehmen als veredelt durch die Verdauung und Verwandlung in das Fleisch eines pflanzenfressenden Tieres.«

Mit eleganten und geübten Bewegungen schnitt Sebastian Theen akkurate Scheiben und legte sie auf die dargebotenen Teller.

»Jetzt aber müssen wir un-be-dingt auf Stefanie trinken«, juchzte Regina von Kresswitz, die, unbemerkt von allen, ihre Portion schon halb verschlungen hatte.

»Schatz, *das* ist jetzt aber wirklich ster-ne-mä-ßig, *I lovvve it*, schade, daß meine kleinen Franzosen nicht mehr da sind, die wären ja völlig aus-ge-flippt bei dir, aber sie hatten schon wieder ein Date in München, die waren wirklich niedlich, aber anspruchs-voll, ich kann dir sagen, so witzige agile kleine Männchen, verwöhnt und launisch, aber bei Pao hat's ihnen dann wider Erwarten doch geschmeckt, aber hier, dies, diese Gipfel . . .«

Der Rest ging unter in eilfertigem Stimmengewirr, mit dem die erschöpfte Stefanie gewürdigt wurde, die sich mit backfischhafter Aufregung die blonden

Locken aus den Augen strich. Sie stellte mit Verwunderung fest, daß sie auf diesen geheimnisvollen André wartete. Wo er nur blieb? Ihre Neugier entsprang weniger einem Klatschbedürfnis als dem Wunsch, eine frische Leidenschaft aus nächster Nähe zu betrachten. Sie blickte kurz zu Regina hinüber. Falls die ungeduldig wartete, war ihr das jedenfalls nicht anzumerken.

»Köstlich, Stefanie, wirklich köstlich«, lobte Sebastian das Lamm.

Alles war gut, alle unterhielten sich, und dieser Gang gab keinen Anlaß zum Mäkeln. Die Gesichter hatten sich gerötet und die Stimmen waren lauter geworden. Das Kerzenlicht spiegelte sich in den Gläsern, und auf dem Tisch hatte sich mittlerweile jene schöne Unordnung ausgebreitet, wie sie im Laufe eines ausgiebigen Essens entsteht. Brotstückchen, Zigarettenpackungen, Rotweinflecken, noch unbenutztes Besteck, das die strenge Geometrie der ursprünglichen Anordnung verlassen hatte, an Reginas Platz ihr Fächer, mit dem sie sich dann und wann Kühlung verschaffte, an Herrmanns Platz das Whiskeyglas, das Theophil schon mehrmals nachgefüllt hatte.

Mißtrauisch beobachtete Stefanie Sebastian und Sibylle. Übertreib's nicht, Sibylle, dachte sie. Nur anwärmen.

»Betrachten Sie nur diesen Lammrücken!« beschwor Sebastian seine Tischnachbarin gerade. »Er hat nichts, aber auch gar nichts von seinem Stolz verloren. Eine eigentümliche Kraft geht von seinem fraglosen Dasein aus, eine Kraft, die sich durch alle Demütigungen der Zubereitung hindurch erhalten hat. Vermutlich essen wir das Fleisch aus demselben Grund, aus dem unsere Vorfahren das Blut der Bären tranken. Gierig nach Stärke, nach tierhaftem Dasein, die Vereinigung von Natur und Kultur durch sinnliche Einverleibung. Bestimmt hat jemand schon einmal darüber geschrieben«, schloß er seufzend.

So viel war schon gedacht, so viel war schon gesagt und mehr noch geschrieben worden. Manchmal erschauerte er vor der Vorstellung, ewig epigonal bleiben zu müssen angesichts der Mannigfaltigkeit dessen, was schon an klugen Dingen zusammengetragen worden war.

»Natur und Kultur, liebster Sebastian«, Regina von Kresswitz' Stimme klang wie ein ausgelassener Triller nach einem andächtigen Choral, »da servieren Sie mir ein Apropos, ich habe doch ein *Konzept* geschrieben zum Thema ›Geist und Natur‹, vielleicht erinnern Sie sich, ich erzählte Ihnen davon, nun, die Auftraggeber sind natürlich so graue Apparatschiks, aber, à la bonheur!, sie waren einfach begeistert, und nun«, sie nahm einen Schluck Wein, »nun verfeinere ich die Thematik noch unter den Vorzeichen der Bits und Bites, vielleicht könnten Sie mich ein wenig beraten, ich finde, daß das alles noch ein bißchen aufgenordet werden muß, Sie wissen schon, Mensch und Maschine, Sein und Bewußtsein«, sie kicherte, als ob sie mit bunten Spielzeugwürfeln jonglierte statt mit Begriffen, »Geist und Ghetto ...«

». . . Natur und Narretei«, fiel Theophil ihr ins Wort, der sich in einer Aufwallung familiärer Vertrautheit für ihr Plappern schämte.

»Ich glaube, Regina von Kresswitz hat einen akuten Anfall sprachlicher Diarrhöe«, sagte Herrmann mit übertriebenem Mitleid in der Stimme und blinzelte Sibylle zu.

»Für Bits und Bites bin ich sicherlich ganz und gar der Falsche«, sagte Sebastian freundlich, aber ohne Bedauern.

»Sehen Sie, liebe Regina, ich leiste mir den Luxus, mich von der Komplexität eines dialektischen Denkens ganz und gar befreit zu haben und damit die leidige Diskussion um ›Fluch und Segen‹, ›Sinn und Unsinn‹ oder, ganz banal, ›Nutzen und Schaden‹ beispielsweise der Technik völlig auszublenden. Sie verstehen?«

Regina nickte irritiert.

»Denn jene, hmm – ›Dialektik der Aufklärung‹ –, Sie wissen schon ...«, Sebastian zitierte den Titel, als ob er von einer ausgesprochen unangenehmen, aber glücklicherweise lange zurückliegenden Blinddarmentzündung spräche, worauf Regina wieder nickte, diesmal mitfühlend, »diese – mhh – Dialektik der Aufklärung, wie gesagt, ist doch letztlich nichts anderes als ein ›Einerseits-Andererseits‹, eine intellektuelle Nebelbomben-Taktik, die uns mit den sirenenbewehrten Klippen des Odysseus eher in Kollision bringt, als daß sie uns siegreich eben diese Klippen umschiffen läßt, kurz und gut – nein, nein ...«, er tupfte indigniert unsichtbare Fettspritzer von seinen Lippen, »wir müssen weiter, höher, und doch gleichsam tiefer, hinein in die wahren Widersprüche und die unwahren Homogenitäten, hinan zur Kultur des Delays oder anderer Verfeinerungen, Kultur, Natur – einerlei, fort mit der Sophisterei, fort mit negativer Dialektik und kulturpessimistischer Ideologiekritik, wir brauchen Plädoyers für das Einzigartige, für das Außergewöhnliche, für das ›je ne sais quoi‹, vor allem aber brauchen wir den Snobismus, dies letzte Refugium einer edlen Wesensart, dieses Biotop eines menschenwürdigen Daseins!«

Sebastian lehnte sich erschöpft zurück und blickte Regina gedankenverloren an.

»Eine ansteckende Krankheit, diese Diarrhöe!« flüsterte Herrmann quer über den Tisch Sibylle zu, die etwas ratlos wirkte. Sebastian benutzte lauter Begriffe, die ihr vertraut waren, kam aber zu völlig anderen Schlüssen. Das war zu verwirrend, um wirklich Spaß zu machen.

Theophil starrte in sein Glas. Edle Wesensart. Der hatte es gerade nötig. Delay. Daß ich nicht lache. Wann machte Maria eigentlich Feierabend? Oder blieb sie bis zum Schluß? Theophil sah auf seine Armbanduhr. Stefanie bemerkte es, fand es unpassend, für einen Gastgeber geradezu eine Todsünde, und versuchte, es durch einen kleinen Gag aus der ehelichen Trickkiste zu überspielen.

»What watch?«

»Ten watch!«

»Such much?«

Sie und Theophil waren ein gutes Team, einfach unschlagbar. Fand Stefanie. Sebastian kicherte.

»Ist das nicht von den Marx Brothers?« fragte er.

»Nein, aus Casablanca«, erwiderte Stefanie.

Jetzt bloß nicht wieder Regina das Feld überlassen, sie ließ sich gehen, die Gute, und das Schlimme war, daß Sebastian es auch noch amüsant fand.

»Lassen Sie uns noch ein wenig am Delay teilhaben, lieber Sebastian, es ist ja offensichtlich die moderne Form subtilster, süßester Folter in einer Welt, in der alles verfügbar ist, in einer Welt, die ihr Zeitempfinden verloren hat und es deshalb im Theater errettet.«

Stefanie lächelte zufrieden. Nicht schlecht, diese Überleitung. Ich sollte Moderatorin werden.

»Nun, in gewissem Sinne schon«, nahm Sebastian den Faden halbherzig auf, ohne allerdings Regina aus den Augen zu lassen, die ihr Kinn genießerisch auf beide Hände gestützt hatte und ihm mit Schmollmund zuhörte. Sie gab das Kind, dessen Spielzeug verschmäht worden war.

»Obwohl das Delay meinem Empfinden nach vor allem ein lustvolles Phänomen der Alltagsästhetik sein kann«, fügte er zögernd hinzu. »Sicher, das Theater, mein Gott, ja, aber nehmen wir doch ganz einfache Dinge, ein Essen, ein Rendezvous . . .«, Regina zwinkerte ihm zu.

»Aber es ist doch wohl das Zeitproblem im Augustinschen Sinne, das Sie umtreibt, nicht wahr, Sebastian, jene Irritation des Bewußtseins, die durch die Reflexion eines scheinbar selbstverständlichen Begriffs ausgelöst wird«, beharrte Stefanie. Genau darüber hatte sie in einer ihrer letzten Kritiken geschrieben, und sie mußte sich sehr kontrollieren, um nicht wie eine Examenskandidatin mit ihrem frisch angelesenen Wissen herauszuplatzen.

»Und wenn Sie über dieses Thema schreiben, dann haben Sie doch sicher unseren alten Kirchenvater, diesen sophistischen Genießer, konsultiert!« fügte sie lächelnd hinzu.

Sebastian blickte sie geschmeichelt an. »Aber natürlich, werte Stefanie!« Es war schön, sich in soviel Klugheit zu spiegeln.

»Sicherlich werden Sie noch mehr zu diesem Thema herausbringen, es lohnte sich ein ganzer Zyklus«, sagte Stefanie fast beiläufig, so, als sei ihr das eben erst eingefallen.

»Aber sicher«, begeisterte sich Sebastian, »wir machen ein umfassendes *Konzept*«, wie Regina betonte er das Wort, »und Sie machen mit und natürlich auch unsere verehrte Regina von Kresswitz!«

Stefanie atmete tief durch. Nicht schlecht, aber auch nicht gut, dachte sie.

»*Konzept* – das ist das würdige Pendant zu *spannend*«, sagte Herrmann, zu Sibylle gewandt.

Regina frohlockte. Sie gehörte dazu, jawohl.

»Delay! That's it! Vom Delay zum Delight! Und deshalb muß ich noch ein paar von diesen delikaten Knoblauchzehen und vom Lamm kosten – und vom Vino . . .« Regina, die schnelle, die blitzehelle, die ungeduldige, hielt Theophil ihr Glas hin.

»Nix Vino – vin! Château de Coucy!« Theophil streckte seine Hand nach der Karaffe aus. Scheint ja irgendwie wichtig zu sein heute, der Wein. Gut, mache ich eben den Lakaien.

»Wie? Château de Coucy, yummi, yummi, das ist aber eine feine kleine Flasche, die ihr da geöffnet habt. Mehr davon!«

Übermütig blinzelte Regina Sebastian an, der ihr gönnerhaft zunickte.

»Klar doch.« Gleichmütig schenkte Theophil den Wein in das schwankende Glas. »Dein Ganymed will ich sein, edle Frau«, versuchte er sich im Spaßton.

Schon wieder leer, die Karaffe, und die andere auch. Das ging schnell heute. Theophil stand mit einem gewissen Bedauern auf, denn er hatte es sich gerade wieder im ganz selbstvergessenen körperlichen Behagen bequem gemacht. Außerdem war er unsicher, wie er Maria begegnen sollte. War das nicht ein bißchen peinlich gewesen, vorhin? Der Hang zum Küchenpersonal, wie gewöhnlich. Er schnürte über den Flur, ein domestizierter Flaneur, und trat zögernd in die Küche.

»Ist noch dekantierter Rotwein da, Maria?«

»Ja, noch genug.«

Maria sah von der Zeitung zu ihm auf.

Dein Schoß ist ein Becher, dem es niemals an Getränken mangelt, fiel Theophil ein.

»Maria, wegen vorhin . . .«, er brach verlegen ab.

Maria blieb sitzen und sah ihn ruhig an.

Schwer zu sagen, was sie dachte. Das Kleid hatte einen kleinen Ausschnitt. Zwischen ihren Schlüsselbeinen, an einer kaum wahrnehmbaren Kette, hing ein silbernes Kreuz.

»Bitte, denken Sie nichts Falsches über mich.«

»Aber nein«, sagte Maria mit ihrem weichen Akzent.

Sie sprach hervorragend Deutsch, doch manchmal unterliefen ihr drollige Mißverständnisse. So sagte sie etwa »Reiseschluß« statt »Reißverschluß« oder »Fahrrad« statt »Pfarrer«. Theophil fand das entzückend. Er reichte ihr die Hand.

»Verzeihen Sie mir, liebe Maria.«

Dann zog er sie an sich, ohne es eigentlich zu wollen. Aber es schien das Natürlichste der Welt. Es gibt Tage, da kann man nichts falsch machen, dachte er, wer hat das noch gesagt? Thackeray, Picasso, Fred Astaire?

»Verzeihen Sie mir«, flüsterte er in ihr kleines Ohr und küßte das winzige Ohrläppchen.

Sie hielt ganz still. Sie war ganz zart. Theophil hätte sich nicht gewundert, wenn seine Hände Flügelchen an ihrem Rücken ertastet hätten. Statt dessen fühlte er eine Corsage unter dem schwarzen Kleid. Verblüfft folgten seine Finger den Haken und Ösen Richtung Süden.

Er hörte Schritte auf dem Flur und löste sich abrupt aus der Umarmung. Es war Regina, auf der Suche nach der Toilette.

»Na, ihr Turteltauben«, rief sie schalkhaft in die Küche. »Gibt's noch Wein?«

»In Massen!« rief Theophil etwas zu laut.

Regina, verflucht. Mehr noch als das Gefühl, entdeckt zu sein, war ihm unangenehm, ausgerechnet mit Regina ein Geheimnis zu teilen.

»Schon gut, Theophil«, sagte sie und betrachtete interessiert Maria, die sich schnell über den Spülstein gebeugt hatte und nun geschäftig Gläser spülte, »ich puder mir nur kurz mal das Näschen.«

Regina konnte nicht viel gesehen haben, aber sie hatte ein untrügliches Gespür. Verdammt.

Theophil ergriff hastig die Karaffe, stürmte an Regina vorbei aus der Küche und kehrte an den Tisch zurück. Wie laut es im Eßzimmer war. Er fühlte sich elend.

Regina beobachtete Maria eine Weile, so wie man ein exotisches Haustier in Augenschein nimmt, dann wanderte sie mit der eigentümlichen Agilität korpulenter Menschen den Flur entlang und fand nach zwei Fehlversuchen das Badezimmer. Sie schloß die Tür hinter sich und starrte in den Spiegel. Ihr tic nerveux schien verschwunden zu sein, doch ihr Lippenstift war hoffnungslos verschmiert.

Seufzend malte sie sich ein neues Gesicht. Ach, Theophil. Wie pubertär er doch war. Machte sich tatsächlich an die Küchenmaus heran. Eine unsinnige Eifersucht stieg in ihr auf. Einst hatte sie für Theophil eine schwärmerische Liebe gehegt, und sie spürte, daß etwas, das nie richtig begonnen hat, auch nie ganz zu Ende ist.

Neugierig musterte sie die Cremes und Parfums vor dem Spiegel. Mit Genugtuung entdeckte sie kostbar verpackte Hightech-Kosmetika. Sie ist ganz schön in Panik, die gute Stefanie, ist schließlich schon über fünfzig, aber typisch, zum Duschen nimmt sie immer noch Nivea, da ist sie wieder geizig.

Zärtlich strich Regina mit dem Zeigefinger über einen Rasierpinsel. Naßrasierer, immer noch.

Sie warf Lippenstift und Puderdose in ihren Lederbeutel zurück und probierte ein Lächeln im Spiegel, wobei sie ihre Zähne auf Essensreste kontrollierte. Wo André nur blieb. Der kleine Hase mußte seine Chance haben, heute abend. Jawohl, today is the day und Sebastian muß muß muß einfach André protegieren.

Strahlend kehrte sie ins Eßzimmer zurück.

»Gleich kommt André!« trällerte sie ausgelassen.

Stefanie beschloß, schnell das Thema zu wechseln. André und der Katalog. Mein Gott, Regina war so leicht zu durchschauen wie Preßglas.

»Waren Sie schon im neuen Verlagshaus?« eröffnete Stefanie die weitere Konversation, an Herrmann Grünberg gewandt.

Herrmann war ein verläßlicher Plauderer und trug gern zur allgemeinen Unterhaltung bei. Und von jungen Künstlern hielt er ja zum Glück gar nichts.

»Von draußen sieht es aus wie von Piranesi, von innen wie eine Mischung aus Kafka und spätem Hölderlin.«

Es reichte nicht zu einem veritablen Lachgewitter, doch Sebastian Theens Zwerchfell vibrierte sich schon mal ein, in Erwartung weiterer Süffisanzen.

Regina sah erfreut einen Anlaß, sich als Vollblutweib zu zeigen, das überdies Sinn für sprachliche Feinheiten hatte.

»Später Hölderlin, köstlich«, wiederholte sie mit kindlichem Eifer. »Ich finde ja schöne Formulierungen bei Männern einfach unwiderstehlich.«

Theophil stöhnte.

»Das höchste Erotikum einer Frau ist für mich Befangenheit«, sagte Herrmann lächelnd und nickte Stefanie zu, die er vor vielen Jahren mal kunstvoll verwirrt hatte. »Doch man soll so etwas um Gottes willen nicht ausleben.«

»Ja, aber waren Sie denn nie richtig verliebt?« fragte die Kresswitz.

»Oder unglücklich?« schloß sich Stefanie an.

»Auch dieser Leidenschaft war ich tief erlegen«, erwiderte Herrmann lächelnd.

Eine Stimmung unwillkürlicher Verlegenheit breitete sich aus.

Stefanie schlug die Beine übereinander und griff sich ins Blondhaar mit einer ordnenden Geste, die die planvolle Unordnung auf ihrem Kopf unterstrich.

Regina von Kresswitz stützte beide Ellenbogen auf den Tisch und drehte ihr Glas träumerisch in den Händen, während sie Herrmann Grünbergs Blick suchte. Herrmann übersah diese stumme Annäherung und saß untadelig gerade auf dem Stuhl.

Er ist ein Herr, dachte Sibylle Idstein, einer der letzten seiner Sorte, eine Sonderanfertigung.

Es war warm. Sibylle zog ihre Kostümjacke aus und entblößte blasse Arme, die geradezu obszön wirkten in der ärmellosen schwarzen Bluse. Vor allem aber entblößte sie ein Dekolleté, das den Rahmen des Üblichen sprengte.

»Was für allerliebste Sommersprossen«, sagte Sebastian, was ihm einen Vorwand gab, ziemlich ungeniert Sibylles hübsch gefüllten Ausschnitt zu betrachten. »Das erinnert mich an meine Kindheit«, seufzte er.

Auch Stefanie musterte Sibylles Ausschnitt. Nana, Sibylle übertreibt aber wirklich. Viel zu offenherzig für diese Stadt. Sie hat's noch immer nicht begriffen, wie es hier läuft, die Do's und die Don'ts.

»Und – war sie glücklich, diese Kindheit?« fragte Sibylle.

»Aber nein, durchaus nicht«, erwiderte Sebastian.

»Diese frühe Zeit hat ein schlecht verheiltes Narbengeflecht auf meiner Seele hinterlassen, einen Schnittmusterbogen für viele unglückliche Beziehungen . . .«

»O-oh! Sie melancholischer Schelm!« gurrte Regina.

Sebastian Theen zündete sich einen Zigarillo an und lehnte sich zurück, nicht ohne eine Stellung zu wählen, die ihm die eine oder andere scheinbar zufällige Berührung von Sibylle Idsteins nackter Schulter sicherte. Sibylle tat so, als ob sie es nicht wahrnahm, doch in Wahrheit verzeichnete sie jede dieser Berührungen mit diebischer Lust. Als junges Mädchen hatte sie Gedichte, die ihr gefielen, in ein schwarzes Heft abgeschrieben. Eine Zeile kam ihr in den Sinn: »Ich liebe jene ersten Zärtlichkeiten, die halb noch Frage sind und halb schon Anvertrau'n.« Meine Güte, welch hemmungsloser Kitsch und wie wunderschön. Manchmal bedauerte sie, daß sie diese jungmädchenhafte Naivität verloren hatte.

Sie betrachtete Sebastians schmale braune Hand, die sich auf ihren nackten Arm gelegt hatte. Sie war verwirrt. Sibylle war immer heikler geworden in Liebesdingen, und es hatte sich gefügt, daß sie zunehmend das erlebte, was man einst »platonische Freundschaften« nannte. Früher hatte sie in Männern die romantischen Eroberer gesehen, die sie im Sturm nahmen, in einem Rausch, der ihre Beobachtungsgabe gnädig dämpfte. Da waren die Männer ganz Geste, Bewegung, Überwältigung gewesen. Heute schrak sie zurück bei dem Gedanken an Fußnägel und Achselhaar, an alle diese Details, die ein Männerkörper plötzlich hat, wenn er nicht mehr ein überwältigendes Ganzes ist, sondern eine Ansammlung von fremden Gerüchen, seltsamen Leberflecken und überraschenden Behaarungen. Sie hatte inzwischen einige Erfahrungen mit Frauen gemacht, nicht eigentlich, weil sie sich zu Frauen hingezogen fühlte, sondern weil sie so appetitlich waren, weil sie so gut rochen und eine so weiche Haut hatten, weil sie sanft waren und Zeit hatten und ihr Raum ließen für all die komplizierten Phantasien, ohne die ihr Körper nicht mehr in den Zustand der Erregung geriet.

Das Ritardando über dem Tisch wurde fast unerträglich.

Herrmann Grünberg spürte diesen heiklen Moment, und mit seiner natürlichen Begabung gesellschaftlichen Taktgefühls begann er, betont leichthändig zu plaudern, wie ein gefeierter Konzertpianist, der sich nicht zu schade ist, auch einmal Barmusik zu spielen.

»Neulich in Moskau«, erzählte er unvermittelt, an Theophil gewandt, »mußte ich schlimme Entgleisungen erleben. Die Russen entdecken gerade Beuys, um Himmels willen, eine Schande ist das – jedenfalls, wenn man die Wahl hat zwischen Beuys und girls!«

»Also, ich habe gerade eine Ausstellung mit Zeichnungen von ihm gesehen, die hatten eine ganz spezifische Sensibilität«, warf Stefanie ein. Bei Beuys kannte sie sich aus, und Sebastian sollte auf keinen Fall übersehen, daß sie auch über Kunst schrieb. Und zwar sehr versiert. ›Ein weites Spektrum kultureller Themen wird zum Gegenstand ihrer kritischen Genauigkeit‹, so ähnlich könnte man ihre gesammelten Kritiken ankündigen.

»Sicher haben die Dinger eine Sensibilität. Die Sensibilität einer Handarbeitslehrerin!« sagte Herrmann.

»Oha«, Sebastian legte lachend auch die andere Hand auf Sibylles Arm und ließ sie so an seinen Konvulsionen teilhaben, was ihr durchaus nicht unangenehm war.

»Wenn ich Beuys-Zeichnungen sehe«, sagte Herrmann mit Wonne, »dann fühle ich mich immer an Tucholsky erinnert, wo der Kellner an den Tisch tritt und mit einem Blick auf den vollen Teller des Gastes fragt: ›Hat der Herr das bereits gegessen oder möchte er es noch essen?‹«

»Herrmann, nein!« schrie Regina von Kresswitz mit gespielter Entrüstung.

Herrmann konnte noch gerade ihrer wohlgenährten kleinen Hand ausweichen, mit der sie ihn freundschaftlich boxen wollte. Er haßte Plumpheiten und konnte sich nie an die falschen Vertraulichkeiten gewöhnen, die man sich hier immer wieder gern bewies. Mit Abscheu und Amüsement beobachtete er die unbeholfenen Küsse und Umarmungen der steifen Schickeria, das kleine Zögern und Hinhalten und Abwarten, die ewige Unsicherheit, ob ein, zwei oder gar drei Küsse erwartet wurden, ob ein Mann die Hand einer Frau ruckartig zum Munde führen würde oder ob sich eine Frau unvermutet an die Brust des verdutzten Herrn schmiegte. Es war ein Ballett, ein Schülerballett, wie er immer wieder vergnügt feststellte. Er hingegen zog sich damit aus der Affäre, eigentlich niemanden zu küssen, und da er meist rauchte, konnte er sogar oft erfolgreich verhindern, überhaupt jemandem die Hand zu reichen. Dann deutete er eine kleine Verbeugung an, und jedermann bewunderte seine Haltung. So einfach war das.

Beuys war ein gutes Stichwort gewesen. Regina plapperte los und hatte im Handumdrehen noch andere Namen aufgesagt, Stefanie mischte sich ein, Sebastian hakte nach, alles war wieder wie immer.

Nur Theophil blickte verzagt in die Runde. Er nahm eine Zigarette. Während er sie anzündete, fing er Sibylles Blick auf. Sie lächelte ein welkes kleines Lächeln und sagte, ganz ohne Ironie: »Tut es sehr weh?«

Theophil schloß die Augen und erwiderte leise: »Ich leide an der Welt, nicht nur an ihrer Vulgarität, wissen Sie, sondern auch an ihrer Schönheit.« Er hob seine rechte Hand und machte eine Geste, als schreibe er ein Fragezeichen in die Luft.

»Die anmutige Handbewegung einer Frau ... das delikate Muster eines Stoffes ...«, seine Hand beschrieb jetzt Wellenlinien, »der Duft eines warmen

Nackens ... das läßt mich verstummen. Dabei habe ich doch das tiefe Bedürfnis, diese Wunder zu beschreiben, sie – mit Sprache zu streicheln. Verstehen Sie, Sibylle?«

Sibylle nickte.

»Ach, und dann erschreckt mich immer wieder mein Unvermögen, und es befällt mich Panik vor der eigenen Mittelmäßigkeit.«

»Aber das ist doch der höchste Adel des Geistes, diese Skrupulosität«, flüsterte Sibylle. »Was ist überhaupt mit Ihrem Essay-Band zur Musik des 20. Jahrhunderts, ist er endlich fertig?«

»Nein, um Gottes willen, nein«, antwortete Theophil heftig. »Ich muß durch diese verdammten Selbstzweifel hindurch«, fügte er leise hinzu.

Seine Stimme klingt wie Frottee, dachte Sibylle, ein Softie eben. Sie fühlte sich sicher mit Sebastians Hand, die nun schon ganz selbstverständlich auf ihrem Arm ruhte.

»Und«, fragte sie und sah Theophil geradewegs in die Augen, »was ist es, was ist Ihr Motor, das, was es erträglich macht?« – »Trauer, Energie, Sehnsucht«, sagte er fest die Trias auf, die sein Hausgott Adorno einst genannt hatte, und jedes Wort schien für ihn umgeben zu sein mit einem schimmernden Hof von Vieldeutigkeiten.

Ja, es war wohl das, genau das, und er wünschte sich weit fort und war doch für einen kurzen Moment tröstlich aufgehoben in den Selbstverständlichkeiten von Messer und Gabel, im Geplauder, auf dem manchmal kleine Schaumkronen des Glücks trieben. Theophil legte nun seinerseits eine Hand auf Sibylles Arm, auf den rechten, er mochte diesen unmerklichen rötlichen Flaum.

»Vermutlich bin ich dazu verdammt, ewig auf der anderen Seite zu stehen«, sagte er leise. »Sie wissen schon: lesen statt schreiben, hören statt Musik machen. Und das Schlimme ist – es wird ein Tic, ein echter Tic!«

»Ein Tic? Wieso?« Sibylle betrachtete Theophils behaarte Hand auf ihrem Arm.

»Weil ich immer hungriger werde, nahezu verfressen. Ich kann Bücher schon gar nicht mehr lesen wie jeder andere. Verstehen Sie? Ich muß alles lesen. Wirklich alles!«

»Schon gut, was ist daran so besonders?«

»Ich lese eben *alles* in einem Buch. Zum Beispiel vorne – die Auflage. Das Erscheinungsdatum. Den Ort der Herstellung. Sogar die ISBN!«

Sibylle lächelte ungläubig. »Die ISBN?«

»Ja – und den Klappentext, den bewahre ich mir immer bis ganz zum Schluß auf.«

Sibylle blickte Theophil ernst an. »Soso, den Klappentext.«

»Ja. Und wenn man Glück hat, wenn ein Buch noch richtig gebunden ist, meine ich, Fadenbindung, wissen Sie, und man biegt dann das Buch ganz auseinander, man spreizt gewissermaßen die Seiten« – Theophil führte unwillkürlich die Bewegung aus und in derselben Sekunde wurde ihm bewußt, wie zweideutig diese Geste wirken mußte – »dann kann man manchmal die Bogennummer lesen, wissen Sie, beim Druck werden doch die Bögen numeriert und manchmal, das ist wie eine Schatzsuche, manchmal werde ich fündig, und dann nehme ich eine Lupe und lese eben die Bogennummer . . .«

Sibylle starrte wieder auf Theophils Hand mit den dichten schwarzen Härchen und genoß gleichzeitig Sebastians glatte Hand auf ihrem anderen Arm. Dann sah sie Theophil geradewegs in die Augen.

»Das ist aber hinreißend libidinös, Theophil, du lieber Himmel.«

»So, genau so könnte alles erträglich werden«, sagte er leise und war sich bewußt, wie rätselhaft, vielleicht sogar wirr das klang.

Argwöhnisch beobachtete Stefanie die ménage à trois, die sich da anbahnte. Sebastian und Theophil waren nah an Sibylle herangerückt, jeder hielt einen eroberten Arm fest, und abwechselnd redeten sie leise und eindringlich auf Sibylle ein, die diese Situation sichtlich genoß.

»Distanz«, sagte Stefanie mit erhobener Stimme und wandte sich an Herrmann, »Distanz zwischen den Klassen, Distanz zwischen den Menschen, Distanz ist das Geheimnis.«

Herrmann musterte sie amüsiert.

»Sie müssen schon etwas deutlicher werden«, erwiderte er mit einem Blick auf das ineinander verschlungene Trio.

»Nehmen wir zunächst die Distanz zwischen den Klassen«, fuhr Stefanie mit etwas zu lauter Stimme fort. »Beim Friseur zum Beispiel hinterlasse ich das Trinkgeld nur noch an der Kasse. Ist doch schrecklich, der dankbare Blick aus feuchten Domestikenaugen – und selbst der wird heute immer seltener.« Regina hörte ihr verständnislos zu, denn Stefanies Standesdünkel war ihr völlig fremd. Für sie gab es nur »in« und »out«. So war Regina stolz darauf, daß sie den stadtbekannten Promifriseur seit kurzem endlich »Putzi« nennen durfte und mit ihm klatschte und lachte und Champagner trank.

»Süße, ich hoffe doch sehr, daß du nicht *immer* noch zu dieser Provinz-Schere gehst!« gluckste sie mitleidig und streifte Stefanies Locken mit dem verzeihenden Blick einer sehr, sehr guten Freundin.

Mit überdeutlicher Geste schob sie die Feder tiefer in ihren Haarturm und lächelte Herrmann schadenfroh zu. »Geschmack hat sie ja, unsere liebe Stefanie, nur fehlt es ihr manchmal an Stil. Und da sieht man dann schon mal aus wie ein geplatztes Sofakissen.«

Stefanies Augen wurden schmal. Da war er, der Schießschartenblick.

»Diese fragwürdige Mischung aus Vorstadt-Chichi und Sperrmüll-Abteilung ist in der Tat nicht mein Genre«, erwiderte sie mit einem polarkalten Blick auf Regina und erhob sich.

»Zeit fürs Dessert, findet ihr nicht auch?« Damit verließ sie das Eßzimmer und flüchtete an der Küche vorbei zur Toilette.

Herrmann Grünberg lehnte sich lächelnd zurück. »Wenn man solche Freunde hat, braucht man keine Feinde mehr.«

Regina nickte zerstreut, sie war überrumpelt von der schnell aufgeflammten Aggression Stefanies.

»Sie will immer on the top sein, eine absolute Herrscherin«, maulte sie, wie ein kleines Mädchen. »Tja, es ist eben schwer, ein bißchen flow zuzulassen, den guten alten Satz zu beherzigen: Teile und herrsche.«

Herrmann grinste und sagte: »Lift and separate – das war das Motto der BH-Hersteller der fünfziger Jahre.«

Regina war begeistert. Sie erholte sich meist schnell von den Unbillen der Konversation, auch von Beleidigungen.

»Herrmann, woher nehmen Sie das nur?« schnurrte sie. »Sie sind so überaus unterhaltsam und dabei so sprachbegabt! Apropos: Hört mal alle her, ihr müßt jetzt einen kleinen Test mitmachen, ich suche nämlich nach einem neuen Namen für meine Agentur und habe auch schon wirklich tolle, tolle Ideen, doch es fehlt mir feedbackmäßig noch der letzte Kick, also . . .«, sie begann in ihrem Lederbeutel etwas zu suchen, was offenbar nicht einfach zu finden war. Mit vielen kleinen Durchhalteappellen wie »Geht gleich los«, »Sekunde noch« und »Got it soon« beugte sie sich tief über die sackartige Tasche und wedelte schließlich hochrot, aber strahlend mit einem pinkfarbenen Zettel. Aus ihrem Ausschnitt holte sie eine miniaturhafte straßbesetzte Brille, so wie der Zauberer ein Kaninchen aus dem Zylinder zieht. Sie setzte die Brille auf und begann zu lesen. »Brain food.«

Stolz sah sie von ihrem Blatt auf.

»Think tank. Mind Machine.«

Sie funkelte Sebastian an, der keine Miene verzog.

»Imagine. Colour your brain. Magic mind.«

Sie nahm kurz die Brille ab, lächelte siegesgewiß und setzte sie dann wieder auf.

»Art of mind. Treasure Islands. More Light. Brilliant Moments. Ideas to go. Na?«

Erwartungsvoll blickte sie in die Runde.

Das Schweigen über dem Tisch war schwer und pelzig.

In die befangene Pause hinein fragte Sebastian mit geradezu kindlicher Verzweiflung:

»Warum nehmen Sie nicht einfach Ihren guten, guten Namen?«

Ihm war anzusehen, wie sehr ihn die Ansammlung von Plastik-Wörtern erschüttert hatte.

»Sie sind ein Schatz!« flötete Regina und gab sich alle Mühe, ihre Enttäuschung zu verbergen. Verstohlen steckte sie den Zettel zurück in den Lederbeutel und ließ das Brillchen wieder im Ausschnitt verschwinden.

»›Colour your brain‹ ist hübsch«, sprang Theophil ihr ritterlich bei.

Zu spät.

Unter Reginas linkem Auge zuckte es. Verdammt. Nicht jetzt. Bitte nicht jetzt.

»Warum nennen Sie Ihre Agentur nicht einfach ›Money, Money, Money‹?« schlug Herrmann vor. »Das trifft doch den Nagel auf den Kopf.«

»Also, Herrmann, wirklich, Sie Schlimmer«, Regina war entschlossen, die Sache demonstrativ als Scherz zu betrachten, doch es war ihr nicht entgangen, daß sie gerade rasant an Image verloren hatte.

»Geht es denn bei Ihnen meist ums Geld?« fragte Sibylle scheinbar arglos. Ganz offensichtlich machte es ihr Freude, Reginas schillernde Aktivitäten auf das Beschaffen von Geld reduziert zu sehen.

»Mäuschen«, erwiderte Regina zuckersüß, »Sie haben eines noch nicht verstanden: Money is fun! Das ist das Geheimnis. Es ist zwar partout mein Job, mich auch um Geld zu kümmern, doch ich rede nie über Geld. Entweder ist sehr viel da – dann ist es unfein. Oder es gibt keins – dann ist es peinlich.« Zufrieden lehnte Regina sich zurück. So. Jetzt hatte sie dieser Anfängerin mal gezeigt, wie sie tickt, die Welt der Kultur.

Stefanie hockte auf dem geschlossenen Toilettendeckel und betrachtete ihre Fingernägel. French Manicure, wirklich perfekt. Warum nur flogen ständig Messer durch die Luft? Und was war mit André? Der

Gute hatte ein ziemliches Delay, soviel war sicher. Sibylle, Regina – es war eben ein Fehler, Singlefrauen einzuladen. Immer machten sie Ärger. Wenn es nicht so viele spannende männliche Singles gäbe, hätten diese Mädels sowieso nie die Chance einer Einladung gehabt. Nie im Leben. Symmetrie der Geschlechter, das war der einzige Grund.

Stefanie drückte die Spülung und trat vor den Spiegel. Zweifelnd betrachtete sie ihre blonden Locken, drehte den Kopf hin und her und schüttelte schließlich das Gebilde auf ihrem Kopf. »Wie ein geplatztes Sofakissen« – das war der Gipfel der Gemeinheit.

Regina, mein Gott, sie ist unmöglich, sie ist wirklich nicht gesellschaftsfähig, zu einem gesetzten Essen wird sie jedenfalls nie wieder eingeladen. Allenfalls als Farbtupfer auf einer Party ist sie noch zu gebrauchen. Sibylle entpuppt sich als kleine Schlampe, sieh mal an, sonst spielt sie doch die Devote, hofiert die große Kritikerin, na, sie wird schon merken, daß ihr Auftritt heute verbrannte Erde hinterläßt. Die hat noch gar nicht begriffen, daß der Spielabend ihr letzter Trumpf war.

Schwierig dieser Sebastian, aber es wird noch. Herrmann dagegen – ein Schatz, ohne Frage, ein Gentleman eben. Ich sollte ihn viel öfter dazubitten.

Und Theophil . . . Stefanie fand sich ein wenig zu nachsichtig. Wie ungeniert er mit Sibylle flirtete.

Stefanie kontrollierte ihr Kleid und ihre Lippen, dann eilte sie in die Küche.

Die Küche sah gut aus, aufgeräumt, sauber, doch, Maria machte ihre Sache wirklich gut. Stefanie nahm sich vor, ihr demnächst irgend etwas zu schenken, vielleicht die Kristallvase mit dem kleinen Sprung. Oder die graue Satinbluse, an der ein Knopf fehlte.

»Feine Spalten, Maria«, ermahnte sie das Mädchen sanft, und sah zu, wie es die Honigmelonen schälte.

Sie öffnete den Kühlschrank, um die Mousse herauszuholen, und fuhr entsetzt zurück.

»Wo ist die Mousse, Maria? Und wer hat diese Bierflaschen hineingelegt?«

Stefanie war empört. Eine heiße Welle der Wut leckte an ihr und sie spürte, daß sie gern empört war.

»Ihr Mann sagt, er will hinterher noch Bier trinken, da habe ich gedacht . . .«

»Und die Mousse, Maria? Die Mousse, das Dessert, du verstehen?« Unwillkürlich verfiel Stefanie in das, was sie selbst »Türkendeutsch« nannte.

»Die muß ist auf dem Balkon, Frau Krug.«

Oh, diese Unschuldsmiene, hoffentlich hat die Nachbarskatze nicht hineingepinkelt, auf niemanden kann man sich verlassen. Nein, keine Kristallvase. Stefanie haßte Eigenmächtigkeiten.

Ein Blick auf die Limettenmousse versöhnte sie nur halb. Immerhin: Die Schüssel war unversehrt.

Gern hätte sie sich noch ein wenig Luft verschafft, so ein Wutausbruch erfrischte ungemein, doch in Anwesenheit der Gäste war das leider unpassend.

Stefanie öffnete verdrossen Physalisblüten und legte die kleinen, glänzenden Früchte bloß. Fett und schwer sank die Mousse auf die kakaogesprenkelten Teller, und Stefanie umlegte sie mit den Melonenspalten und den nackten Früchten.

»Weißer Rum, Maria«, befahl sie mit jenem Feldherrentonfall, den sie gern im Umgang mit »Personal« anschlug. Es war immer besser, ungehalten zu wirken, das verschaffte einem einfach mehr Respekt, fand Stefanie. Zufrieden betrachtete sie die Teller. Beim Dessert mußte sich das Blatt wenden. Schluß mit diesen Unverschämtheiten, Schluß mit diesen Unverbindlichkeiten – Butter bei die Fische! Sebastian war jetzt reif, und die beiden Damen mußten ausgebremst werden.

»Das Dessert kann serviert werden, Maria!«

Anmutig balancierte Stefanie die Dessertteller. Sie war berühmt für ihre eigenwilligen Nachspeisen, für die üppigen Dekorationen, das wußte sie. Sie selber empfand das Dessert immer als eine unverhoffte Dreingabe, als ein Geschenk, obwohl es doch genauso geplant war wie die kalkulierten Zugaben eines Konzerts.

»Zauberhaft – ein Garten der Lüste!« Sebastian Theen deutete einen Applaus an.

»Sieht aus wie überfahrene Weinbergschnecken, schmeckt aber bestimmt besser«, kicherte Regina.

Dann wurde es still, wie immer beim Nachtisch. Ein kleiner, unschuldiger Moment. Waffenstillstand, dachte Stefanie. Das kindliche Vergnügen nach den erwachsenen Freuden eines guten Essens.

Es war schon seltsam bei diesen Abenden, Stefanie hatte es oft erlebt: Nach dem Fleischgang machte sich Lethargie bis zur Dumpfheit breit, oft auch mit melancholischen Untertönen, das Dessert jedoch brachte stets eine Wende. So auch diesmal.

Die Mousse hatte alle wohlig beschwert und den Durst aufs neue angeregt. Der Tisch summte, ein seltsamer vielköpfiger Organismus, gefräßig und schwatzhaft.

Zum Espresso reichte Stefanie selbstgemachtes Gebäck, auf das sie besonders stolz war.

»Mandelhippen«, sagte sie und ein eifriger Glanz lag in ihren Augen. »Mandelhippen mit Schokoladenfondant.«

»Wenn doch alle Hippen so genießbar wären«, witzelte Sebastian und kaute begeistert.

»Oh, vielen Dank, die Patisserie ist in der Tat ein völlig unterbewertetes Gebiet, dabei hat sie doch so überaus Köstliches zu bieten. Ein bißchen Mühe macht es natürlich schon«, schloß Stefanie, denn ein bißchen mehr Begeisterung für ihre Küchensklaverei war sie denn doch gewohnt, wenn sie dieses Backwerk auftischte.

»Was ist mit der Schokolade?« fragte Sibylle.

Ach ja. Stefanie erhob sich zögernd. Sibylle hatte Schokolade mitgebracht und betont, wie gut sie doch zum Kaffee passen würde. Stefanie paßte das überhaupt nicht. Sie fand, daß ihre Hippen einen Soloauftritt verdienten. Widerwillig holte sie die schwarze Blechschachtel und stellte sie auf den Tisch.

»Hmmm . . .«, sofort langte Regina nach der Schachtel und steckte sich ein Täfelchen in den Mund.

»Stefanie, sag' bitte auf der Stelle, wie du diese Schokolade auf den Tisch gezaubert hast! Sen-sa-tionell, oh Jesus!« Regina schmatzte geradezu.

»Die hat Sibylle mitgebracht«, antwortete Stefanie widerwillig und wickelte eine der kleinen Tafeln aus dem schwarzen Papier.

»Köstlich, diese ganz und gar schwarze und so bittere Schokolade«, murmelte Sebastian entzückt kauend, »woher bekommen Sie dieses göttliche Zeug?«

»Nun«, sagte Sibylle gedehnt, »es wird mir gebracht von einem schönen schwarzen Mann in einem schwarzen Jaguar mit roten Ledersitzen, prall gepolstert und stets von einer unaufdringlichen Wärme, er führt einen kleinen, eleganten schwarzen Lederkoffer mit sich, es gibt ein Zahlenschloß aus Platin, das er ohne Hast öffnet, er streicht sacht über das handschuhweiche Leder, er berührt die filigrane kühle Schließe, er wartet einen Moment, um in genießerischer Konzentration die olfaktorische Überwältigung innerlich vorzubereiten, die schon wenige Momente später im Fond des Wagens stattfindet . . .« Sie angelte sich eine der kleinen schwarzen Tafeln, wickelte sie aus dem Papier und schnupperte daran. »Ein herber, stolzer Duft, nicht wahr? Weit, weit weg vom kindlichklebrigen Schokoladenei im Kunstgrasnest, Lichtjahre entfernt vom feucht-fettigen Riegel in der Hosentasche, den während der Schulstunde zu betasten ein Gefühl sinnlicher Überlegenheit gewährte, ach nein, diese Schokolade hier ist kostbar, kühl und dunkel wie Kaviar, in feines schwarzes Papier gehüllt, mit dem Aroma einer geeisten Kaffeebohne, die ein wenig über der schwarzen, weichen Wunde einer frisch geschlitzten Vanilleschote verweilt hat.«

Alle am Tisch schwiegen verlegen. Das war ein bißchen viel, was Sibylle da herausließ.

Sebastian starrte Sibylle verblüfft an. Er konnte sich nicht recht entscheiden, ob er sie als Wahlverwandte betrachten sollte oder als Konkurrenz.

Sie spürte seine Reserve und hielt inne, es war ein kleines selbstverliebtes Zögern, ein kleines heikles Zaudern, dann sagte sie, völlig beiläufig: »Daß doch die schöne Präsenz des Unverlorenen aller Gegenwart so schmerzlich überlegen ist . . .«

Sebastian stöhnte leise auf und drückte ihren Arm. Wahlverwandt, oh ja, wahlverwandt.

»Sie sprechen so schön, haben Sie jemals geschrieben?« fragte er mit weicher Stimme.

»Gedichte«, hauchte Sibylle, »short stories, die kleine Form, wissen Sie, kein großer Wurf, nichts Besonderes, eher Mikrokosmisches.«

»Aber, wie wundervoll, liebste Sibylle«, brach es

aus Sebastian heraus, »warum kenne ich Ihre Texte nicht? Wo haben Sie veröffentlicht?«

Stefanie und Regina drehten synchron den Kopf zu Sibylle und starrten sie an. Nein, nicht das. Nicht sie. Nein!

Sibylle schlug die Augen nieder. Ihr Herz klopfte, doch sie fühlte sich frei und leicht. Er hatte ihre Texte also nie gelesen. Oder er hatte sie vergessen. Um so besser. Das hier, das war der Moment. Jetzt konnte sie alles erreichen.

»Ach, Sebastian«, antwortete sie sanft, »bis jetzt liegt alles in der Schublade, jungfräulich, ohne daß ich bisher irgendwem das jus primae noctis hätte einräumen können, ein sorgsam gehütetes Geheimnis, das ich nur mit mir selbst teile.«

»Sie – schreiben?« fragte Theophil entgeistert. Er fühlte sich hintergangen. Sie hatte also die Seiten gewechselt, ohne auch nur einen Ton zu sagen. Sie hatte es einfach getan. Verräterin.

»Gedichte, hm«, Stefanie hielt es nicht mehr aus. »Ganz nett, aber für mich hat das immer etwas von Pubertät, von Versteckspiel, Poesie als Verdrängung, Reim statt Klartext, Metapher statt Begriff, irgendwie ist doch diese Zeit vorbei!« Sie suchte Schützenhilfe bei Herrmann Grünberg.

»Nicht wahr, Herrmann, da blühen immer Blumen, wo Begierden erwachen, da netzt der Tau das Gras, wo ekle Erregung gemeint ist, verdruckst sind doch die meisten dieser fragwürdigen Erzeugnisse, die sich hochtrabend Lyrik nennen, zumeist aber nichts anderes sind als rosa umhäkelte Neurosen!«

»Schon möglich.« Herrmann Grünberg zögerte, Stefanie den Arm zu bieten, auch ritterliche Gefühle haben ihre Grenzen, und Stefanie ging entschieden zu weit.

Sebastian sah Stefanie entgeistert an.

»Aber, aber, Stefanie, werte Freundin, ich verstehe Ihre Emphase nicht, erst die Poesie krönt doch das lichte Gebäude der Literatur, oh Lyrik, du zarte Blume in der wuchernden Flora all dieser Buchstaben, die sich auf den Seiten von Milliarden von Büchern drängen, nein, nein, ganz außergewöhnlich, ganz wunderbar ist diese Kunst!«

Er hatte erregt gesprochen und unwillkürlich seinen Arm schützend um Sibylles schmale Schultern gelegt.

Sibylle bestand praktisch nur noch aus Porzellan. So zart. So zerbrechlich.

»Es sind eben Texte, so ganz anders als das, was wir aus der Rationalität des Alltags kennen. Versuche eher, Fragmente wohl, und sie bewegen sich« – Sibylle blickte in die Runde, sie werden mich steinigen, dachte sie, aber ich sag's einfach, »sie bewegen sich – nah am Rande des Verstummens.«

Doch weder Empörung noch Gelächter brandeten auf, zu stark war offenbar der schützende Arm Sebastian Theens, als daß sich jemand auf diese Platitüde gestürzt hätte. Sie schlucken es, dachte Sibylle, sie schlucken es tatsächlich, und in ihre Erleichterung mischte sich die Lust, laut herauszulachen. Doch sie beherrschte sich und lächelte statt dessen Sebastian an. Abteilung waidwundes Reh, dachte sie. Ein gepeinigtes Lächeln, nicht schlecht.

Sebastian rückte noch näher an Sibylle heran.

»Erzählen Sie mehr von sich«, sagte er und bat sie um ein weiteres Stück Schokolade. Er bestand darauf, daß sie es für ihn auswickelte.

»Ach, ich beobachte einfach die Welt und ihre Bewohner und schreibe es dann auf«, sagte Sibylle und schob Sebastian das Schokoladentäfelchen zwischen die Lippen. »Ich habe ein kleines Heftchen, es begleitet mich überall hin, da hinein kommt alles, was mir eben so auffällt. Bald sind Sie auch drin!« schloß sie lächelnd.

Sebastian spürte, wie die Schokolade auf seiner Zunge schmolz. »Zeigen Sie mir das Heftchen?« fragte er leise.

Sibylle blickte schnell in die Runde. Keiner schien auf die beiden zu achten, denn Herrmann gab gerade eine Anekdote zum besten. Sie ließ eine Hand in das Innere ihrer Kostümjacke gleiten, die sie auf die Stuhllehne gehängt hatte, und förderte ein kleines blaues Schulheft zutage.

»Und – wer ist schon drin?« fragte Sebastian ungeduldig. Sibylle blätterte kurz und blieb schließlich bei einer Seite hängen.

»Hier«, wisperte sie, »das ist über Stefanie.«

Sebastian sah sie erwartungsvoll an. »Nun?«

»Mürbe Eleganz. Trauernde Wimpern verwalten das welke Gesicht«, las Sibylle flüsternd.

Sebastian gab einen erstickten Schrei des Entzükkens von sich und lachte gedämpft, so, als könnte ein lautes Lachen den Grund seiner Heiterkeit verraten. Begeistert zog er Sibylles Hand an seine Lippen, während sein Blick auf ihrem Dekolleté verweilte.

»Wundervoll, wundervoll! Schokolade«, bettelte er und öffnete seinen Mund.

Das ging allmählich zu weit da drüben mit diesen Vertraulichkeiten. Stefanie strich sich die Locken aus der Stirn. Ihr war heiß. Das ging einfach zu weit. Sebastian gehörte *ihr. Sie* hatte ihn schließlich eingeladen. *Sie* hatte für ihn gekocht. Er saß auf *ihrem* Silbertablett. Aber er war ins Wanken geraten, das war klar. Es mußte etwas geschehen. Schnell. Denn dieses Spiel da drüben, das wußte selbst Stefanie, entwickelte irgendwann eine Eigendynamik, die irreversibel war. Auf Theophil jedenfalls war kein Verlaß. Er war weit davon entfernt, Sibylle ein wenig abzulenken. Selbstvergessen löffelte er sein Dessert, ohne auch nur aufzublicken.

»Oh, Sebastian, Liebster, darf ich Ihnen den Wein anvertrauen?« fragte Stefanie mit dem unschuldigsten Lächeln und ohne Rücksicht auf die delikate Situation, in der Sebastian sich ganz offensichtlich befand.

Sie schob ihm die Karaffe mit dem roten Wein hin.

Es reichte jetzt mit diesem Tête-à-tête! Ausgerechnet Sibylle, Herrgott, Sebastian Theen war zwei Nummern zu groß für die Kleine. Außerdem mußte sie jetzt zur Sache kommen. Mein Buch. Mein Lebenswerk. Mein Baby.

Sebastian erhob sich zögernd, während er Sibylle unverwandt in die Augen sah. Gedankenverloren tastete er nach der Karaffe, berührte sie und im nächsten Moment ergoß sich der rote Wein über das weiße Tischtuch.

Stefanie sprang auf. »Mein Kleid!« entfuhr es ihr.

Auch Regina war aufgesprungen und begann, den Inhalt sämtlicher Salzstreuer auf das Tischtuch zu leeren.

»Alter Trick!« jubilierte sie, »bei uns zu Hause saß ja immer dieses alte russische Urgestein, diese verrückten Grafen und dekadenten Gutsbesitzer, oh my god! Und ihr glaubt nicht, was die immer anrichteten, aber meine Mutter blieb völlig cool und sagte immer: Saaalz, mein Lippling, brrringe mirrr das Saaalz, viiiel Saaaalz!«

Stefanie fand mühsam ihre Fassung wieder.

»Das ist doch kein Malheur, nehmen Sie einfach die andere Karaffe, Sebastian, halb so schlimm.« Doch ihre Stimme klang spitz und klein.

Sebastian stand wie erstarrt und betrachtete verständnislos das Durcheinander, das er verursacht hatte. Endlich schien er zu sich zu kommen.

»Verzeihen Sie mir, oh, liebste Gastgeberin, ich bin

untröstlich, es ist mir ein Rätsel, wie konnte das geschehen, wie furchtbar . . .« und mit diesen Worten sank er vor Stefanie auf die Knie.

»Wie kann ich das je wieder gutmachen?« japste er und es war schwer zu sagen, ob seine Zerknirschung echt war oder ob es sich um eine parodistische Einlage handelte.

»Wieder gutmachen? Aber Sebastian, mein herzensguter Sebastian, bitte erheben Sie sich, hier –« Stefanie reichte ihm die zweite Karaffe, »seien Sie unser Mundschenk, und alles ist wieder gut!«

Sebastian stand umständlich auf und musterte die Tischdecke. »Ist das nicht eigentümlich?«

»Was denn, Sebastian?« Stefanie wurde ungeduldig. Was denn noch?

»Gerade noch sprach unsere verehrte Sibylle von der Jungfräulichkeit ihrer Texte, die keines Mannes Auge je gesehen, geschweige denn berührt haben, und im nächsten Moment – na? Na? Sehen Sie doch mal hin! Na?«

Sebastian hielt die Karaffe in der einen Hand, mit der anderen deutete er immer wieder auf das Tischtuch, mit wuchtigen, kantigen Bewegungen, so, als nähme er Maß für einen finalen Karateschlag, unter dem der Tisch zerbersten sollte.

»Ja, *sehen* Sie das denn nicht? Es ist ein *Zeichen!* Das Tischtuch gemahnt uns an die Bettücher, die noch heute in romanischen Ländern nach der Hochzeitsnacht herausgehängt werden, auf daß ein jeder sehe, daß die Braut soeben ihrer Jungfernschaft verlustig ging. Weiß und rot, Unschuld und Raserei, Schnee und Blut – gibt es ein besseres Omen für Sibylles Debüt? Ist diese symbolische, pardon, tausendmal pardon: Entjungferung nicht vielleicht das Vorzeichen für die Geburt einer neuen Autorin, gezeugt zwischen Lamm und Limette, gebadet in herrlichstem Wein?«

»Wie spannend«, brachte Stefanie mit kaum geöffneten Lippen hervor. Sie war fast ohnmächtig vor Wut. Und das Schlimmste war: Diese kleine Theaterschlampe genoß das Ganze natürlich, lächelte dämlich vor sich hin, daß einem schlecht wurde.

»Und herrlich ist er, dieser Wein, Stefanie«, rief Sebastian überschwenglich aus. »Viel Veilchen, ein wenig Unterholz, dazu ein leicht spritziger Kandiston, der sich mit Steinpilz und Moschus auflädt, mit einem Wort: Als würde einem der liebe Gott mit roten Samthosen die Gurgel herunterspazieren!«

Stefanie lächelte apathisch.

»Ist das von Haferbeck?« fragte sie.

»Nein, aus ›Les enfants du paradis‹.« Sebastian schien stolz auf dieses Fundstück zu sein.

»Oh ja, ›Les enfants du paradis‹!« Oh nein, so schnell gab sie nicht auf! Und das hier war ein ideales Stichwort! Schön schwärmerisch sein, sagte sie sich, bloß nicht zu zielstrebig. Sebastian mußte sich wieder ihr zuwenden, ihr, der strahlenden Gastgeberin. Sie schmiegte ihre Wange in die hohle Hand, eine

Geste, die sie Tausende Male auf der Bühne gesehen hatte und die stets eine Rückblende signalisierte. Achtung, Sebastian, Rückblende!

»Ich weiß noch, wie ich diesen Film zum ersten Mal sah, wie ich die Verzauberung in der embryonalen Dunkelheit des Kinos erlebte; dann habe ich über diesen Film geschrieben, und das, lieber Sebastian, das war schon keine Kritik mehr, es war ein Abenteuerbericht, eine Reisebeschreibung – denn ich hatte einen neuen, aufregenden Kontinent bereist, der ›Cinéma‹ hieß, ach, ich war im Zustand höchster Euphorie und dennoch glasklarster Hellsichtigkeit, ich glaube, ich habe diese Kritik noch irgendwo, ich würde sie gern mal wieder lesen . . .«

». . . das würde ich auch gerne tun, selbstverständlich«, fiel Sebastian ihr ins Wort, »doch, Liebste, manchmal muß man sich schützen vor der notwendigen Enttäuschung, wenn man sich selbst nach all den Jahren wiederbegegnet. Auch ich bin einst diesem Wunsch erlegen, eigenes Frühes, Begeistertes wieder in die Hand zu nehmen, doch ach, der Diamant war zu Staub zerfallen, die Aura dahin, das Gold nur noch Alchimistendreck, verweht der Atem jugendlichen Ingeniums – wohin, ich weiß es nicht . . .«

Das war eine Katastrophe. Stefanie brach der Schweiß aus. Falsch, falsch, es lief ganz falsch.

»Schon möglich, Sebastian, daß man *selber* diese Enttäuschung empfindet, doch Dritte empfinden das oft ganz anders!«

So, jetzt war Theophil dran. Sag' doch auch mal was! Sie sah zu Theophil hinüber, der sie gleichmütig betrachtete, da er offenbar nicht zuhörte. »Mein Mann jedenfalls blättert manchmal in meinen alten Kritiken und Essays, und dann sagt er immer, nicht wahr, Theophil, du sagst dann immer: Erstaunlich, einfach erstaunlich, daß diese Dinge nicht veralten, im Gegenteil – durch die Jahre gewinnen sie zuweilen!«

Das war nun ein dermaßen ungeniertes Eigenlob, daß Stefanie selber ein wenig unbehaglich zumute war. Sebastian aber streichelte mit dem Zeigefinger Sibylles Arm und wiederholte lächelnd: »Oh ja, zuweilen, Stefanie, zuweilen ...«, und sein Finger strich hin und her im Rhythmus seiner Worte, und ganz offensichtlich waren seine Gedanken anderswo.

Stefanie leerte ihr Glas. Ihre Hand zitterte, als sie das Glas zurückstellte.

Nicht nur Stefanie, auch Regina von Kresswitz wurde allmählich nervös. Irgendwie lief der Abend verquer, aber sie hatte keine Ahnung, was hier eigentlich passierte. Sie spürte nur, daß dieses Essen ihr entglitt, daß sie nicht wie sonst der glänzende Mittelpunkt war, sondern allenfalls noch ein kleiner Satellit, der autistisch um das Geschehen kreiste. Was hatte sie denn falsch gemacht? Gut, sie war keine Intellektuelle, aber sie hatte Esprit, das wußte sie, das sagten immer alle, sie war auf du und du mit der Welt, mit einer Welt, von der sie alle hier am Tisch gar nichts ahnten, sie kannte die hippen Plätze in Paris und New York, sie schnippte nur mit den Fingern und organisierte mondäne Essen in Mailand und London, sie war zu Gast in verrückten Ateliers und durchgeknallten In-Kneipen, gegen die dieser Abend ein Dia-Vortrag im Altersheim war. Also? So what?

Regina atmete schwer, nahezu verzweifelt bewegte sie mit ihrem Fächer die warme Luft hin und her, sie trank den Wein in vollen Zügen. Es wurde eng neben ihr. Herrmann und Theophil waren beide unwillkürlich ein wenig von Regina abgerückt. Irgendwie schien es, als würde sie jeden Moment überlaufen.

Regina war nervös, keine Frage. Aber nicht auf die bei Frauen verbreitete hysterische Weise, sondern mit all ihrer dampfenden Vitalität, die das Verhältnis von Luft und Materie in jedem Moment neu verteilte. Sie umarmte und erdrückte die Welt in einer Art vorauseilender Beschwichtigung all der Bedenken, die sie ständig erzeugte.

Aha. Die unterhielten sich einfach ohne sie. Man amüsierte sich auch so. Hätte sie doch bloß nicht dieses blöde brainstorming veranstaltet. Ideas to go – shit! Sie suchte in den Gesichtern vergeblich nach Anzeichen ihrer Rehabilitierung. Winzige bunte Tröpfchen erschienen auf ihrer Haut.

Herrmann beobachtete mit Interesse die glühende Unruhe neben sich, und wenn sie ihm auch körperlich unangenehm war, so versuchte er doch in einer Art caritativer Eingebung, Regina mit einigen langweiligen Details aus der Galerien-Szene zu kühlen. Theophil betrachtete die beiden und fand sie plötzlich rührend, alle beide. Wie ein altes Ehepaar.

Unterdessen hatte Sebastian Theen Sibylles Hand wieder fest in Besitz genommen und gab sie nicht mehr her. »Na, mein Kind, wie lange wollen wir denn noch bei der Schokolade verweilen, Süße und Bitternis allein kulinarisch genießen?« Er ging nun aufs Ganze und versuchte, den verruchten Verführer zu spielen.

»Schokolade hat durchaus etwas Transzendentes«, antwortete Sibylle trotzig, auch wenn sie wußte, daß es dummes Zeug war.

»Ach ja, die Transzendenz, mein Fräulein«, sagte Sebastian und beugte sich so weit zu ihr, daß er den Flaum auf ihrem Nacken deutlich sehen konnte, Härchen für Härchen, »aber zuweilen muß man doch auf die Erde zurück.«

»Ich weiß nicht.«

Sibylle war sich plötzlich nicht mehr sicher, ob sie wirklich wollte, was dieser Flirt versprach. Sie umfaßte ihr Weinglas. »Wenn ich mich so auf der Bühne meiner Leidenschaften betrachte, dann stelle ich fest: Erst wird einem der Himmel versprochen, und dann landet man sehr unsanft auf der Bettkante . . .«

Sebastian drückte ihre Hand.

»Auch das Himmelreich ist manchmal erdenschwer«, murmelte er und Sibylle spürte mit Widerwillen, daß dieser Gedanke ihr gefiel.

»Warum nur diese Zurückhaltung, Sibylle?« Theophils Stimme kam plötzlich aus dem Nichts. »Ich schätze doch, daß halterlose Strümpfe auf eine gewisse Haltlosigkeit schließen lassen?«

Sibylle und Sebastian fuhren auseinander. Sie hatten sich sicher gefühlt hinter dem Paravent aus Geplauder, der ihre Tändelei zu schützen schien. Sibylle errötete.

»Hm, also, ich muß schon sagen . . .«, versuchte Sebastian zu antworten, dann brach er ab und gab vor, seine Manschettenknöpfe zu richten.

Theophil reichte es. Er hatte brav bis zum Dessert durchgehalten, aber nun war es genug. Gesetztes Essen, was für eine Tortur. Sebastian und Sibylle turtelten, daß es nur so klebte, Herrmann und Regina tauschten immer noch Insider-Nichtigkeiten aus, und Stefanie, seine eigene Frau, die angestrengt die Tafel überwachte wie eine Herbergsmutter, hatte offenbar das letzte bißchen Selbstachtung verloren. ›Mein Mann blättert manchmal in meinen alten Kritiken . . .‹ – was für ein Abgrund von Peinlichkeit. Aus, Schluß, jetzt ein Bier und dann das Nirvana. Überall konnte es nur besser sein als hier.

Er stand auf und ging in die Küche. Maria war eingeschlafen. Sie hockte im alten Sessel, ihren Kopf auf den Unterarm gestützt, und atmete tief und regelmäßig. Das kleine Silberkreuz hob und senkte sich allerliebst. Ihr Kleid war kaum verrutscht, doch alles lag appetitlich vor ihm, er mußte nur zugreifen.

Theophil zog sein Tweed-Jackett aus und kniete vor ihr nieder. Vorsichtig küßte er ihr Knie. Keine Reaktion. Er schob den Rock etwas höher und wagte einen zweiten Kuß, der schon forscher war. Donnerwetter, das waren Seidenstrümpfe oder so was, Theophil kannte sich nicht besonders gut aus, aber dies hier war etwas Besonderes, keine Frage.

Maria seufzte. Dann öffnete sie die Augen und sah ihn an.

Sie sieht mich einfach an, dachte Theophil. Einfach so. Sie ist, was sie ist, und sie ist wunderbar. Sie kommt ohne dieses gottverdammte Gerede aus. Sie braucht kein einziges Wort, um so lieb zu sein, so süß, so schmelzend.

»Maria«, sagte Theophil.

»Ja«, erwiderte Maria, nur einfach: »Ja.«

»Maria«, sagte Theophil noch einmal, und es kam ihm so vor, als sei dieses eine Wort ein Schrei, eine Liebeserklärung, ein Ächzen, ein Hurra, und schon umarmten sie sich, heiß und drängend, ich kann nicht zurück, dachte Theophil, ich kann einfach nicht zurück, selbst wenn ich es wirklich wollte, ich will aber nicht, sie hat Flügelchen und eine Corsage und sie ist der Himmel und sie ist weich, sie ist so weich, Himmel, sie ist seidenweich, und ihre Flügel sind schwarz und weich und . . .

Sebastian ließ nicht locker. Jetzt, wo dieser aufdringliche Theophil verschwunden war, gab es keinen Grund zur Zurückhaltung mehr. Und wenn er nicht bald reüssierte, das wußte Sebastian, dann fing der süße Most an zu gären und wurde ungenießbar.

Er griff erneut nach Sibylles Hand, doch sie rückte unmerklich von ihm ab. Eilig leerte er sein Glas. Der Wein begann, ihn in einen angenehmen Schwebezustand zu versetzen.

»Nein, schöne Frau, nicht weglaufen!« flüsterte er in Sibylles Ohr.

»Ich war nur ein wenig geistesabwesend«, erwiderte sie mit einem Lächeln, das ihre Wangen in winzige Fältchen legte.

Wie hübsch und schon leicht verblüht, dachte Sebastian Theen, so sind sie mir am liebsten.

»Und Ihr Herz, ist das auch abwesend?« Sebastians Lippen berührten nun ihre Ohrmuschel.

Sibylle wich vor seinem heißen Atem zurück. Was machte sie hier bloß? Was nahm dieser Typ sich heraus? Er war unwiderstehlich und ärgerlich wie ein Mückenstich, dessen Juckreiz zu stillen Lust und Pein zugleich ist. Ich muß aufhören zu trinken, dachte sie und griff zum Glas.

»Ach, mein Herz, mein armes Herz – wollen Sie es wirklich der anonymen Leserschaft zum Fraß hinwerfen? Denn das, was ich einst schrieb, brachte ich mit Herzblut zu Papier!«

Ich schrecke vor nichts mehr zurück, dachte Sibylle, oh, if my friends could see me now!

»Das war aber sehr voreilig«, raunte Sebastian Theen. »Ihr Herz brauchen Sie noch – um es im

Sturm erobern zu lassen. Und was die Leser betrifft – ich werde Ihr Ritter sein, liebste Sibylle, nicht Kritiker, nicht Leser gar soll in Ihr Intimstes vordringen dürfen!«

Sibylle nickte dankbar, Sebastian war ohne Zweifel ein wenig beschwipst, doch er schien es ernst zu meinen. Auch sie spürte, wie in ihrem Kopf ein Kreisen begann, ein Karussell heiterer Gedanken, ein Fest des Leichtsinns.

»Und welchen Einband schlagen Sie vor, mein Ritter? Saffianrot mit schwarzem Trauerrand? Ekklesiogenes Violett mit Buchstaben in Straps-Pink? Oder Kaviargrau mit Lachsrosa?«

»Sie sinnliches Monster!« flüsterte Sebastian. »Ist das eigentlich wahr, mit den – äh, halterlosen Strümpfen? Und woher weiß der Herr des Hauses solche Dinge, wenn man fragen darf?«

»Keine Ahnung«, antwortete Sibylle wahrheitsgemäß.

»Aber habe ich Anlaß zu der Vermutung, daß es sich um hellseherische Fähigkeiten handelt?«

»Nun, sagen wir mal, Theophil verfügt über eine erstaunliche Intuition.«

»Ach ja?« Stefanies Stimme klang kalt und feindselig.

Sibylle zuckte zusammen. Nicht nur Theophil, auch Stefanie und die anderen Gäste hatten vermutlich mehr gehört, als ihr lieb sein konnte, an alledem war nur dieser Sebastian Theen schuld.

Plötzlich wurde ihr bewußt, daß sie die Gastgeberin sträflich vernachlässigt hatte, den ganzen Abend schon. So etwas konnte bitter bestraft werden, das wußte sie. Als Frau wurde man schließlich selten eingeladen, jedenfalls zum gesetzten Essen. Gib Pfötchen, sagte sie zu sich selbst, brav! Und schön deutlich artikulieren.

»Stefanie, was ist eigentlich aus dem Artikel geworden, den Sie damals über unsere gefürchtete Gastregisseurin aus dem Osten schreiben wollten? Sie haben doch sogar in einer Probe gesessen – sie war bewundernswert«, fügte Sibylle hinzu, an Sebastian gewandt, der, tief enttäuscht über den Themenwechsel, einen weiteren Zigarillo nahm, ohne aber ihre Hand loszulassen. So vergaß er, den Zigarillo anzuzünden und balancierte ihn unversehrt zwischen den Fingern.

»Tempi passati – aber nun wird statt eines Portraits ein ausführlicher Nachruf daraus«, antwortete Stefanie kühl und professionell. Sibylle hatte sich mit ihrem Techtelmechtel bei Tisch disqualifiziert. Außerdem trank sie ganz eindeutig zuviel. Und noch dazu hatte sie auch Sebastian Theen derart zum Trinken animiert, daß er bereits leicht angeschlagen wirkte. Und das war nun wirklich das Letzte, was Stefanie heute abend gebrauchen konnte. Gesellschaftlich sind Sie tot, liebste Sibylle!

»Noch einmal mit Gefühl, gewissermaßen«, fuhr Stefanie fort. »Es ist schon faszinierend, dieser DDR-

Groove, militärischer Drill und entlegene Bildmetapher . . .«, sie beugte sich zu Sebastian, »›Exerzierzauber‹ habe ich damals geschrieben.«

Sebastian lächelte anerkennend.

Sibylle seufzte. »Ich habe sie ja auch noch erlebt, bei der letzten Produktion. Wie ein Schatten schlich sie durchs Haus, abgemagert war sie, nur noch Haut und Knochen . . .«, sie grinste, »die Schauspieler nannten sie immer ›I-M-Ötzi‹!« Ins Gelächter hinein hörte man es klingeln.

Stefanie fuhr zusammen. Die Klingel erinnerte daran, daß es noch ein Draußen gab, irgendwo jenseits des Essens. Wo war eigentlich Theophil?

Regina sprang auf und eilte zur Haustür, dann kehrte sie mit einem jungen Mann an der Hand ins Eßzimmer zurück. Mit einem Schlag wurde es still. Alle starrten ihn an, wie eine Erscheinung, wie einen Clochard, der sich in ein Bankett verirrt hatte.

»Das ist André, mein Hase, der junge Gott!«

Regina streifte ihm die Lederjacke von den Schultern. Sie nahm das Wesen an die Hand, wie ein Kind, und führte es zu Stefanie.

»Liebste, das ist unser junges Wunder, unser genialer Racker, von dem wir noch viel hören werden, André – das ist Stefanie Krug, unsere charmante Gastgeberin!« Stefanie nahm die ausgestreckte Hand in die ihre. Die Hand war kühl und fest, so wie die Stimme, die artig »Guten Abend« sagte, während Regina fortfuhr, ihr Schmuckstück anzupreisen.

»Er ist etwas Besonderes, er verblüfft immer alle, er ist die Grille, wir sind die Ameisen, nicht wahr, mein Hase, geht's dir auch gut, komm setz dich, nimm diesen Stuhl«, sie hatte einen Stuhl herangezogen und plazierte den jungen Mann zwischen Herrmann und Stefanie.

Das also ist André, sagte Stefanie schwerfällig zu sich selbst, doch ihr Körper hatte ihn bereits gemustert, begriffen und war in Aufruhr.

»Nette Hütte. Tut mir leid, daß ich so spät bin, aber ich mußte mich noch ein bißchen herumtreiben«, sagte André und er lächelte Stefanie so unverschämt an und schlug dabei so heuchlerisch die Augen nieder und betrachtete dabei so ungeniert ihren Körper, daß ihr das Blut in die Wangen schoß. Sie spürte einen wilden Hunger. Es ist wie bei der Probe gestern, durchfuhr es sie. ›Die Musik ist hier so‹, hatte die Regisseurin zu den Sängern gesagt, ›als ob ein Panzer auf zwei Ratten zufährt.‹

»Und was machen Sie gerade?« fragte Stefanie mechanisch.

Regina hatte Herrmann einen Stuhl weiter komplimentiert und sich auf seinen Platz gesetzt. Sie legte einen Arm um Andrés Schulter. Stefanie beneidete sie um diese selbstverständliche Vertraulichkeit.

»Oh, Stefanie, er zaubert, er ist pure Magie. Du weißt ja, ›panta rei‹, das ist Latein und heißt: ›Things are changing‹!« Stefanie erhob sich. »Was kann ich für Sie tun, Ente, Fisch, Lamm, Limette?« Mein Gott, sah dieser Junge gut aus. »Oder ein bißchen Kartoffelgratin?«

»Etwas zu trinken wäre nicht schlecht und, naja, was Sie so da haben zu essen, von mir aus auch Kartoffelkretin.« André lächelte ein schiefes Lächeln, und Stefanie starrte auf die kleine Zahnlücke rechts oben. Mein Gott, wie hübsch.

Sie verließ das Eßzimmer, und jeder Schritt war ihr bewußt. Ob er ihr nachsah? Im Vorübergehen betrachtete sie sich im Flurspiegel. Ob er sie alt fand? Wie Andrés Freundinnen wohl aussahen?

Mit Schwung öffnete sie die Küchentür. Einen Lidschlag später erstarrte sie.

Eine Weile stand sie da, unfähig, sich zu rühren, zu sprechen oder auch nur den Blick abzuwenden. So betrachtete sie fast wider Willen das grauschwarze unübersichtliche Knäuel, das sich mit tierhafter Zielstrebigkeit bewegte und bewegte. Langsam, ganz langsam, kam sie zu sich.

»Es tut mir leid, Theophil!« Stefanies Stimme durchschnitt die warme Küchenluft wie ein elektrisches Messer. »Aber ich finde das einfach nicht originell! Hörst du, Theophil? *Es-ist-nicht-o-ri-gi-nell!* Abgeschmackt ist es, das ist neunzehntes Jahrhundert, das ist Wilhelm Busch, das ist peinlichste Dienstbotenromantik!«

Das Knäuel blieb völlig unbeeindruckt.

»Nun hört schon endlich auf!« Stefanie war laut geworden, und in einer Art Eingebung ergriff sie eine

Weinflasche und entleerte sie über dem Gewirr aus Armen, Beinen, Mündern.

Doch es passierte nichts, außer daß die geisterhafte Geräuschlosigkeit der Veranstaltung sich zu einem Keuchen steigerte.

Klirrend landete die Flasche auf den Jugendstilkacheln und zersprang. Stefanie zuckte zusammen, machte kehrt und zog die Küchentür hinter sich zu. Hastig öffnete sie die Tür wieder und tastete nach dem Schlüssel. Dann schlug sie die Tür zu und schloß ab. Zweimal.

Den Schlüssel schob sie achtlos in ein Bücherregal. Erschöpft lehnte sie sich an den Türrahmen.

Sie war mit Zement ausgegossen. Sie wog Tonnen. Nie wieder würde sie auch nur einen kleinen Finger heben können. Aus dem Eßzimmer hörte sie Sebastians keckerndes Lachen. Weg mit euch, dachte sie verzweifelt, weg, weg! Die Eßzimmertür mit Brettern vernageln! Eine Bombe in die Küche werfen! Sie spürte ein Schluchzen in der Kehle.

»Süße, ist dir nicht gut? Hat der kleine Hase dich so umgehauen?«

Himmelherrgott, Regina!

»Migräne«, ächzte Stefanie kaum hörbar.

»Komm, komm, Kopf hoch, ich habe was dabei, das wirfst du jetzt ein –«, Regina nestelte wieder in ihrem Lederbeutel herum und fingerte erstaunlich rasch ein buntes Röhrchen heraus. »Wird schon wieder, das hier ist hallo-wach-over-drive, ein Zauberding, geht aber nur mit Wasser, schnell, nimm es in der Küche . . .«

»Nein, auf keinen Fall!« Stefanie schrie fast und Regina wich erschrocken zurück.

»Stefanie, du machst mir Kummer, also wirklich, Schätzchen, war ein bißchen viel, die Kocherei, was? Dabei hast du doch diese Perle des Südens, das gute Kind, wo ist sie eigentlich?«

Stefanie zog den Bauch ein. *Con-te-nance!*

»Sie ist – bereits gegangen, die letzte S-Bahn, du weißt ja, das ist immer so ein Problem, und . . . nein, Regina, nein, du kannst jetzt nicht da rein, es sieht ganz furchtbar aus in der Küche, nimm bitte die Hand von der Klinke, Regina!«

Regina von Kresswitz blickte mit schlauen Augen von der Klinke zu Stefanie und wieder zurück.

»Bitte, bitte, wie du willst, aber möglicherweise interessiert dich, daß deine Gäste im Trockendock liegen, und André hat noch nicht einmal den Hauch eines Schlückchens zu sich genommen, also –«

»Die Abstellkammer«, flüsterte Stefanie mit letzter Kraft. »Die Getränke sind in der Abstellkammer. Sei so gut und hol' schon mal eine Flasche Wein aus der Abstellkammer, ja? Dritte Tür rechts.«

»Schon gut, Süße, calm down, bin schon unterwegs!« Doch statt sich in Bewegung zu setzen, legte Regina den Kopf schräg und schien auf irgend etwas zu horchen.

»Ist Theophil da drin? Ist ihm etwa auch schlecht?

Vielleicht eine Lebensmittelvergiftung? Der Fisch? Ich wußte es doch, dieser Lachs! Bei mir rumort es auch, war das etwa ein Sonderangebot, Stefanie? Das ist aber nicht gerade die feine Art, oioioi, Theophil geht es wirklich schlecht, wollen wir nicht vielleicht einen Arzt . . . wir müssen den anderen Bescheid sagen, das ist ja lebensgefährlich, da muß der Onkel Doc ran, Stefanie, du ruinierst mich, ich habe übermorgen ein top meeting, da muß ich fit sein, da muß ich hin, tot oder lebendig, Moment mal –« Wieder legte Regina den Kopf schräg. Dann huschte ein Lächeln über ihr farbenprächtiges Gesicht, ein bleistiftfeines Lächeln.

»Okay, okay. Kein Problem. Bin schon weg!«

Sie warf Stefanie eine Kußhand zu. »Alles Roger, Süße! Auf mich kannst du dich verlassen, ich schweige wie ein Familiengrab . . . und vergiß nicht, etwas zu trinken mitzubringen, wenn du dich wieder erholt hast!« Damit trat sie den triumphalen Rückzug ins Eßzimmer an. Auch Stefanie horchte jetzt. Ein Keuchen, ein heiserer Schrei, dann war es plötzlich still, ganz still. Dann ein Stöhnen, ein dumpfes und ein helles, das allmählich rhythmisch wurde und sich schnell synchronisierte. Es ging offenbar wieder von vorn los.

Sie stolperte zur Abstellkammer. Da, der Wein. Und der Korkenzieher? In der Küche. Sie mußte noch einmal dort hinein. Nein, sie wollte da nicht hinein. Wenn sie auch nur einmal noch die Küchentür öffnete, da war sie ganz sicher, würde sich Fäulnis und Verderben in der ganzen Wohnung ausbreiten.

Ihr Blick fiel auf den Bierkasten. Bier. Theophils Bier. Am Türpfosten hing der Öffner. Theophil nahm sich manchmal einfach ein Bier aus dem Kasten, ließ gleich an Ort und Stelle den Kronkorken zischen und trank aus der Flasche. Wie ein Bauarbeiter. Ganz früher hatte sie das gemocht. Dann hatte sie es ihm nicht mehr abgewöhnen können.

Stefanie schloß die Augen. Sie erschauerte. Doch es gab keine andere Möglichkeit. Tot oder lebendig, Onkel Doc ... einerlei. Sie nahm den Öffner vom Haken, ergriff mit jeder Hand zwei Flaschen und ging langsam den Flur entlang; Schritt für Schritt. Das bin nicht ich, dachte sie, als sie am großen Flurspiegel vorbeiging. Dieses verhuschte Wesen mit den Bierflaschen in der Hand. Vor der Haustür blieb sie stehen. Einfach verschwinden, die Treppe hinunter, ins Freie, an die frische Luft.

Sie horchte, diesmal zum Eßzimmer hin. Das war Andrés Stimme. Weich, etwas aufgerauht. Darüber Reginas Zwitschern.

Nein, sie würde das jetzt durchstehen. Lächeln, um Himmels willen, lächeln.

»Stefanie! Wo waren Sie denn nur? Wir haben uns Sorgen gemacht! Und wo ist unser Gastgeber?« Sebastian hatte sich leicht schwankend erhoben und erstarrte, als er die Bierflaschen in Stefanies Händen entdeckte.

»Ein Mißgeschick! Unverzeihlich, ich weiß, aber uns ist tatsächlich der Wein ausgegangen!« Stefanie trat an den Tisch. Alle Augen waren auf sie gerichtet.

»Theophil ist schon unterwegs, um Wein zu besorgen, ein paar Häuser weiter wohnen Freunde, vielleicht sind sie noch wach, doch einstweilen – trinken wir ein Bier! Warum schließlich nicht?«

»Ja, warum schließlich nicht?« echote Regina schadenfroh.

»Mein Lieblingsschriftsteller, Josip Kober, später auch Stalin genannt, soll Bier durchaus nicht verschmäht haben«, sagte Herrmann.

»Ein Bier, klasse!« Auch André hatte sich erhoben und nahm Stefanie die Flaschen aus der Hand. Mit geübten Bewegungen öffnete er sie.

»Ist doch cool, ich dachte schon, hier kriegt man gar nichts Flüssiges mehr! Es geht eben nichts über eine Tasse warmes Bier!« schloß er grinsend und angelte sich Theophils verwaistes Weinglas, das er bis zum Rand füllte.

»Noch jemand?«

»Aber klar, mein Hase, schenk ein!« Regina hielt ihm kichernd ihr leeres Glas hin. »Stefanie und Theophil sind eben ein sehr unkonventionelles Paar, also wirklich – ganz schön hip! Hipp hipp – hurra!«

Sebastian hüstelte. Bier. Um Himmels willen, das war tatsächlich Bier. Degoutant. Ganz und gar degoutant. Der rote Wein hatte ihn sanft eingehüllt wie in eine üppige Kaschmirdecke. Statt dessen jetzt Bier? Schon der Gedanke ließ ihn frösteln.

»Also, ich bl-leibe erst einmal bei diesem delikaten Schlückchen Wein!« verkündete er. Seine Zunge fühlte sich fremd an.

Er blickte Sibylle an, doch die schien nicht sehr schockiert zu sein. Bereitwillig schob sie ihr Glas in Andrés Richtung.

»Vielen Dank, Grille«, sagte sie, während sie Stefanie neugierig musterte. Was ging hier vor? Ganz schön durch den Wind, die Gute. Was war denn bloß passiert?

»Und Sie?« André hielt Herrmann Grünberg die zweite Flasche hin. »Oh, vielen herzlichen Dank, junger Mann«, antwortete Herrmann, »doch ich bin leider gezwungen, bei meiner einmal getroffenen Wahl zu bleiben; andernfalls würden sich ernsthafte Kreislaufprobleme einstellen, wissen Sie ...«, und damit griff er zur Whiskeyflasche.

»Das ist doch immerhin mal etwas anderes, so ein Bier nach dem Essen, vor allem, wenn man es aus Weingläsern trinkt!« Unter Stefanies blonden Locken pochte es heiß. Es mußte leicht aussehen, wie ein Scherz, kein Desaster, sondern eine, eine – Improvisation! Genau, eine Improvisation! Stefanie zwinkerte André zu.

»Rituale – gut und schön. Aber auch die Überraschung gehört zum Genuß! Es geht doch nichts über eine Improvisation!«

Das Knäuel in der Küche fiel ihr ein. Himmel, hilf! Das Küchenfenster stand offen. Theophil und dieses kleine Flittchen unterhielten sicherlich den ganzen Hinterhof. Gleich würden die Nachbarn anrufen, um sich zu beschweren. Liebe Frau Krug, muß das sein? Können Sie nicht etwas leiser . . .? Denken Sie doch an die Kinder! Wenn das nicht aufhört, holen wir die Polizei! Sie lächelte. Die Mundwinkel taten ihr weh von diesem Lächeln. Entsetzt beobachtete sie, wie Regina mit Herrmann tuschelte. Die beiden schienen sich prächtig zu amüsieren.

»Wo bleibt denn nur der Herr des Hauses?« fragte Herrmann mit heuchlerischer Besorgnis. »Es wird ihm doch kein Leid geschehen sein?«

Stefanie war die Verzweiflung ins Gesicht geschrieben. Verstört blickte sie zu Sebastian Theen.

»Ich – äh, glaube nicht, hoffe es jedenfalls, also . . .«

Soviel weibliche Hilflosigkeit rührte Sebastian. Entschlossen trank er den Rotweinrest aus seinem Glas.

»Ja wirklich«, schaltete er sich ein und bemerkte im selben Moment, daß er von einem Schluckauf heimgesucht wurde, »das ist doch eine fu-hurchtbare Vorstellung, daß Ihr Gatte jetzt durch die du-hunklen Straßen irrt, um verschreckte Freunde aus dem wohlverdienten Schlaf zu kling-hingeln, und das alles nur, weil wir partout unflex-hibel sein wollen. Ich gestehe es frei: Bier« – seine Lippen beschrieben ein umgedrehtes U, als habe er auf etwas Bitteres gebissen,

»Bier gehört nicht gerade zu den Ge-hetränken, an denen sich mein Gaumen erfreuen könnte, und dieses herrli-hiche Essen hätte in der Tat einen würdigeren Abschluß verdient als – jenes schlichte Naß einer unterpriv-hi-hi-hilegierten Klasse – gemahnt es doch eher an die fettreichen und wenig schmackhaft-ten Speisen, die an zugigen Ecken mit den nackten, schmu-hutzigen Fingern eingenommen werden, als an die Genüsse, die Sie, liebste Stefanie, uns heute abend mit soviel – huch – soviel Grandezza beschert haben.«

Er tupfte sich die Lippen mit seiner Serviette, die übersät war mit Flecken, aus deren Farbe und Konsistenz ein geübter Privatdetektiv das Menü des Abends mühelos hätte rekonstruieren können.

Irgendwie sieht er mitgenommen aus, dachte Sibylle.

»Und dennoch: Dem Reinen ist a-halles rein!« rief Sebastian, »deshalb lassen Sie uns die Gläser fü-hüfüllen und auf unsere liebreizende Gastgeberin trinken, deren La-hapsus verwunderlich, aber du-hurch – durchaus nicht unverzeihlich ist!«

Mit großer Geste füllte Sebastian sein Glas mit Bier, schenkte auch Sibylle ein und prostete in die Runde.

»Was ist denn das für ein Komiker?« fragte André mitten in die entstandene Pause hinein.

»Nanana, André, hüte deine Zunge, dummer kleiner Racker, das ist doch Sebastian Theen, ich habe dir doch schon so viel von ihm erzählt, ein kluger Kopf, ein echter opinion leader und noch dazu Verleger, weißt schon, so einer, der die Bücher macht, Bücher *ohne* Bilder – –«, Regina verdrehte die Augen, »und Bücher *mit* Bildern! Zum Beispiel Ka-ta-lo-ge!« Sie winkte heftig mit ihrem Fächer und sah aus wie eine Glucke, die ein abtrünniges Küken auf den Hühnerhof zurückdirigiert.

»Bücher – Bilder – so what. Das ist doch Schnee von gestern, Gina-Baby!«

Alle starrten Regina an. Gina-Baby. Das klang geradezu frivol. Sebastian Theen sah für einen Moment so aus, als wollte er André fordern für diese abgeschmackte Vertraulichkeit.

Nur Stefanie erglühte vor Neid. Gina, das klang einfach gut. Weltläufig, verwegen. Was war schon mit dem spießigen ›Stefanie‹ anzufangen? Wie hatte sie das ›Steffi‹ ihrer Schulzeit gehaßt.

»Sie müssen ein Glas ›Ex‹ trinken, dann vergeht der Schluckauf!« wisperte Sibylle Sebastian zu. Folgsam trank Sebastian sein Bier auf einen Zug aus und schüttelte sich wie ein nasser Hund.

»Soso«, sagte Herrmann Grünberg. »Schnee von gestern. Und Sie, Herr . . . wie war noch mal Ihr Name, was machen Sie?«

André lehnte sich zurück und krempelte dabei seine Ärmel hoch. Was für Arme, dachte Stefanie.

Was für ein vulgärer Mensch, dachte Sebastian. Er beschloß, diesen unerzogenen Fremdling nicht durch weitere Aufmerksamkeit zu würdigen. Wie bedauerlich, daß sich alter Adel mit solch einem Strizzi abgeben mußte. Die Durchlässigkeit der Gesellschaft. Welch ein fataler Irrtum.

»Also, ich . . .«, begann André.

Sebastian erhob sich. »Entschuldigen Sie mi-hich bitte für einen Moment?«

»Aber doch nicht jetzt!« rief Regina und bemerkte im selben Moment, daß sie sich unmöglich machte.

»Doch, doch –«, lächelte Sebastian, »genau jetzt, sonst passiert ein U-hunglück!«

Oh ja, ein Unglück. Stefanies Atem flog. Bestimmt waren die beiden in der Küche noch nicht fertig, bestimmt steuerten sie gerade auf einen neuen lautstarken Gipfel zu. Theophil war ja nicht sehr geräuschvoll, wenn sie sich richtig erinnerte, aber diese kleinen südlichen Madonnen drehten bekanntlich mächtig auf, wenn sie amore machten. Oder hieß das »amor« auf portugiesisch?

»Nein, nein«, rief Stefanie. »Wir sind doch schon sooo gespannt auf Andrés Kunst, und wenn Sie jetzt verschwinden, liebster Sebastian, muß er alles zweimal erzählen, das wäre doch jammerschade, bittebitte, bleiben Sie!«

Verdutzt setzte Sebastian sich wieder. Waren nun alle verrückt? Die überschätzten seine Blase. Na gut, ein paar Minuten noch. Aber dann litt dieser Gang keinen weiteren Aufschub!

»Nun?« fragte er ungeduldig. Das qualvolle Ziehen

würde sich jetzt von Sekunde zu Sekunde steigern. In seinem Kopf wirbelte es. Bier hatte er noch nie vertragen.

»Tja, also, es ist so, mir geht es um ... äh, um bewegungsorientierte Interfaces, quasi, ich nenne das ›Cybergnosis‹, das ist so was wie die ›Ästhetik des Vergessens‹, ja,genau, ›Ästhetik des Vergessens‹, weil es doch soviel Infos gibt, daß man das nicht mehr brezelt, und meine Arbeit, ich meine jetzt mal, so im engeren ›Kunst-Kontext‹« – André nahm einen Schluck Bier, »also, da *interessiert* mich so was wie die ›Topographie des Bewußtseins‹.«

Er blickte zu Regina, die ihm ermunternd zunickte.

»Ich habe ein *Konzept* gemacht ...«, weiter kam André nicht, denn Herrmann und Sibylle brachen unisono in ein geradezu hysterisches Gelächter aus.

»Sicher ist es – *spannend* ...«, brachte Sibylle schwer atmend hervor, während Herrmanns Stimme, die irgend etwas zum besten geben wollte, in einem Hustenanfall erstickte.

»Kinder, was ist denn nun los?« fragte Regina. Irgend etwas schien ihr hier aber schwer entgangen zu sein.

»Nun laßt ihn doch mal!« rief Stefanie. Der arme Hase!

»Genau-hau! Das ist doch immerhin ein Gebot der-her Höflichkeit. Weiter, Junge!« flehte Sebastian.

»Na gut, kids, aber ihr seid ziemlich quer drauf, hat euch das schon mal einer gesagt?« André warf trotzig seine Lippen auf. »Ich brauche ein bißchen feeling, versteht Ihr? Emotionsmäßiges feedback, gute vibrations, sonst kann ich nicht so frei drüber reden, klar?«

»Schon gut, schon gut, spuck's aus, Süßer!« rief Regina.

»O.k., Gina-Baby, für dich, nur für dich! Also, mein –« er fixierte erst Herrmann, dann Sibylle, die sich immer noch nicht ganz beruhigt hatte, »– *Konzept* ist die radikale – äh, radikale Präsenz, ich meine Latenz der Gedächtnisästhetik, und deshalb, genauer gesagt, ist mein *Konzept* eine virtuelle *Installation* . . .«

Aus. Vorbei. Sibylle und Herrmann waren nicht mehr zu bremsen, windschief vor Lachen beugten sie sich über den Tisch.

Wie durch einen Schleier betrachtete Sebastian die beiden. Es kam äußerst selten vor, daß jemand lachte, während er selber ernst blieb. Sebastian spürte erleichtert, daß sein Schluckauf sich verflüchtigt hatte. Um so drängender meldete sich jetzt das, was er manchmal scherzhaft seine ›Kanalisation‹ nannte.

»Also, wenn Sie mich dann mal eben entschull-gen würden«, preßte er hervor und erhob sich unsicher, wobei er seinen Stuhl umwarf. Krachend schlug die Lehne auf das Parkett.

Das Bier bekam ihm überhaupt nicht. So eine Eselei, es auf einen Zug auszutrinken. Und so ganz gegen seine Prinzipien. Er bückte sich nach dem Stuhl. Für einen Moment sah es so aus, als ob er den Halt verlieren würde, doch dann richtete er sich und den Stuhl auf.

»Nuuun denn«, sagte er.

Angstvoll sprang Stefanie auf.

»Oh – Sebastian, liebster Sebastian, ich bin nicht ganz sicher, ob die Toilette überhaupt frei ist im Moment, vielleicht ist mein Mann bereits zurück und okkupiert sie, das tut er manchmal, ja, tatsächlich, er zieht sich eigenartigerweise manchmal dorthin zurück, um zu – zu meditieren, er hat ja etwas durchaus Eremitenhaftes bekommen in letzter Zeit und . . .«, sie redete wie im Fieber.

»Liebste Stefanie, darf ich . . . darf ich Ihnnn mein Befremmm ausdrücken über die Art und Weise, wie mir nun schon seit einiger Zeit die – die Notdurft verwehrt wird? Kein Wort mehr!« Er gestikulierte mit der Rechten wie ein Dirigent beim Schlußakkord. »Ich geh jetzzz, auf der Stelle!«

Stefanie sank auf ihrem Stuhl zusammen.

»Ja, gewiß!« flüsterte sie kleinlaut.

Sebastian warf seine fleckige Serviette auf den Tisch und verließ mit wankenden Schritten den Raum.

»Hat ganz schön geladen, was?« sagte Sibylle und zwinkerte Stefanie mit schwesterlichem Spott zu. Doch Stefanie beachtete sie nicht und schien statt dessen konzentriert auf irgend etwas zu horchen.

»Also, was ist jetzt? Wollt Ihr noch was hören vom

›Verschwinden des Körpers‹? Von der ›Transzendenz der telematischen Gesellschaft‹?« fragte André gereizt. Er stützte die Ellenbogen auf den Tisch. »Oder von der ›kollektiven Mnemosyne‹?«

Es war still geworden, aber er hatte nicht den Eindruck, daß man seiner Erläuterung harrte, sondern eher, daß alle auf irgend etwas Bestimmtes warteten. Nur Sibylle kicherte noch vor sich hin.

»Na gut, dann erst mal ein bißchen Stoff«, schmollte André und öffnete die nächste Bierflasche. Noch immer war es seltsam still.

Dann hörte man ein Geräusch, das nicht ganz von dieser Welt zu sein schien. Ein defekter Blasebalg vielleicht, oder eine heisere Luftpumpe. Alle blickten sich fragend an. Wenig später erschien die Quelle des Geräuschs. Tiefgebeugt stand Sebastian Theen da, mit einer Hand umklammerte er die Klinke der Eßzimmertür, die andere Hand bestand nur noch aus seinem gereckten Zeigefinger, der in Richtung Flur wies, ein Asthmaanfall schien ihn heimzusuchen, der sich als Lachen maskierte, erschwerend jedoch kam hinzu, daß sein untadeliger grauer Anzug, dieses mit Bedacht gewählte kostbare Ensemble feinster Tuche und erlesenster Schnitte, nicht mehr ganz korrekt war, oder, genauer gesagt, daß ein Makel, eine ganz und gar unpassende Verfärbung auf dem Beinkleid zu sehen war, an delikater Stelle zudem, und es hatte fast den Anschein, als ob dieser Makel auf magische Weise weiter wuchs.

»Was haben Sie denn bloß, Sebastian?« rief Sibylle ihm einigermaßen erschüttert entgegen. »Und was ist Ihnen denn da passiert? Oh mein Gott!«

Statt einer Antwort krümmte sich Sebastian Theen wie unter zeitlupenartigen Peitschenschlägen und während er weiter von seinem Lachgeheul gebeutelt wurde, formte er Laute, die wie »Sch« oder auch »Schtt« klangen, bis es schließlich, in einem winzigen Moment der Flaute, aus ihm herausbrach: »Das ist keine – *Schhhhhtille Nacht!!*«

Dann schleppte er sich zu seinem Platz. Sein Lachen war zu einem Wimmern geworden, und schwerfällig ließ er sich auf den Stuhl fallen.

»Ein Delay, wie es im Buche steht«, sagte Herrmann Grünberg.

»Herrmann, wirklich, wir sollten nicht spotten, quel malheur!« rief Regina atemlos und knuffte André, der offenbar gerade etwas Freches sagen wollte.

»O.k., o.k.«, André griff zu Reginas Fächer und lachte hemmungslos dahinter, während Sibylle nervös kicherte.

Dann wurde es still.

Sebastian japste und jammerte ein bißchen in das betretene Schweigen hinein, schließlich richtete er das Wort an die versteinerte Hausherrin.

»Stefanie, Liebste, ich bin untröööstlich, huch«, erneut wurde er von Lachen heimgesucht, das allerdings schon bald in ein Schluchzen der Zerknirschung umschlug, »aber dieses . . . Mihhhi-miß-geschick erlaubt nich länger meinnn ... meinne Anwesenheit inieser Runde.« Er zog ein Stofftaschentuch mit Monogramm aus der Hosentasche, wischte sich ein paar Tränen von der Wange und schneuzte sich. »Leiderleider werdich mich verabschienn müssen und ...«

»... aber Sebastian, liebster Sebastian«, Stefanie war aus ihrer Starre erwacht und schien geradezu erleichtert, daß Sebastian dermaßen entgleist war. Irgendwie verkleinerte das die Katastrophe in der Küche, und vielleicht, ja, vielleicht würde diese Peinlichkeit ein geheimes Band zwischen ihnen knüpfen, ein Band, das ihr Buchprojekt befördern könnte. »Wir sind doch erwachsene Menschen, bitte, bitte, bleiben Sie, wir können auf Sie nicht verzichten heute nacht! Allerdings – selbstverständlich müssen Sie sich umkleiden und da Sie wohl kaum einen Anzug meines Mannes akzeptieren würden, ganz abgesehen von der ... der unpassenden Größe, ich meine, Sie und mein Mann haben doch eine sehr unterschiedliche – Statur, also lassen Sie sich doch von zu Hause einen neuen Anzug schicken! Ihr Majordomus wird Ihnen gewiß gern etwas herauslegen!«

»Ich weiß nich, ich ... glaube, ich sollte besser geehn ... und die – diehie Erinnerung an diesen Faux – pas schnellllllstens auslöschen ...« Sebastian hatte zunehmend Mühe, die Worte zu formen.

»Nein, aber nein, bleiben Sie, ich bitte Sie sehr!« versuchte es nun Sibylle. Gerade habe ich dich so weit, dachte sie, nun darfst du nicht einfach verschwinden. Der Herr der Bücher, der Herrscher über das Reich, das Öffentlichkeit heißt, hier sitzt er, in delikater Lage zwar und leicht betrunken, aber das bin ich schließlich auch, und nicht eher darf er diesen Tisch verlassen, bis ich seine Autorin bin.

»Ach Siii-byllle, wie kannich Ihnnn noch inie Aung blicken?«

Sebastian zog erneut sein Taschentuch hervor.

»Oh, das ist doch Menschliches, Allzumenschliches, nicht wahr?« Und keiner fragt nach dem Zitat, dachte Sibylle.

»Da hat Fräulein Idstein aber recht, alles roger, Sebastian, I don't care, was ist schon passiert – eigentlich doch niente, oder?« Regina war in einen geradezu mütterlichen Tonfall geraten. »Das erinnert mich an den guten Onkel Fjodor, der wie soll ich sagen, der manchmal einfach tropfte wie ein defekter Wasserhahn, nicht böse sein, Sie wissen ja, wie ich's meine!« Sebastian nickte zaghaft. Unsicher sah er zu Sibylle. Doch die war gerade mit einer anderen Frage beschäftigt.

»Wie haben Sie das eigentlich gemeint – Stille Nacht? Was ist denn da draußen los?« Sibylle spürte, daß sie offenbar ziemlich begriffsstutzig war. Was wußten die anderen, was sie nicht wußte?

Sebastian hob beide Hände und rief: »Um Himmlls Willn, darüber breite ich auf immer den gnädi-hen Mantel des Schweinn-ns!«

Stefanie schwieg betreten, während Herrmann und

Regina sich gedämpft kichernd bedeutungsvolle Blikke zuwarfen.

Sebastian stimmte erschöpft in dieses Kichern ein und tupfte sich stöhnend mit seinem Taschentuch mal die Stirn, mal die Augen, mal den Mund. André betrachtete ihn fasziniert.

»Mensch, Alter, da hast du ja total uncleanes Zeug erwischt, aber ich sag dir gleich: Das dauert jetzt, bis du da wieder runterkommst, laß laufen, Mann, dein Ding hast du jetzt sowieso nicht unter Kontrolletti, hier, nimm noch'n Schluck von meinem Bier, Getränke gibt's ja hier nicht gerade im Überfluß«, – er sah vorwurfsvoll zu Stefanie hinüber, doch die blickte unverwandt in eine Zimmerecke, »– na, schon gut, laß knallen, das Leben ist kurz!«

»Ich würde ja du-hurchaus was trinknn, aber – isja nix da!« beschwerte sich Sebastian.

Stefanie reagierte prompt auf Sebastian, als habe ein Souffleur das Stichwort gegeben.

»Nichts zu trinken?« rief sie aus. »Das muß doch gar nicht sein! Du liebe gute Gästeschar! Die Kästen sind wohlgefüllt! Einen Moment nur!« Sie hatte die Worte geradezu gesungen, und damit flog sie aus dem Raum.

Sebastian eilte hinterher, im Rahmen seiner eingeschränkten Bewegungsfähigkeit. »Wartnn Sie, Stefanie, ich wer' Alfred annn-telephoniern, er soll mir was bring' was mich wieder geselll-schaftsfähg macht!«

»Nehmen Sie mein Handy!« rief Regina und wühlte in ihrem Beutel. »Moment, Moment, gleich hab ich's, das kleine Zauberding, ist nicht activated, so jetzt aber – und los!«

»Ich weiß nicht, Hännies sind mir irngwie suspekt, ich mach das besser draußen«, und damit war Sebastian verschwunden.

»Unbezahlbar, dieser Theen, ist er nicht einfach unbezahlbar?« lachte Regina.

»Herr Theen hat zuweilen gute Momente, den Mann wird man sich merken müssen«, sagte Herrmann Grünberg und suchte Sibylles Blick. »Es ist doch außerordentlich selten, daß jemand ein derart entspanntes Verhältnis zu seinen Ausscheidungen hat. Wahrscheinlich hat er einen irrsinnig teuren Therapeuten!«

»Mensch, was habt ihr bloß genommen, ihr seid so abartig drauf«, sagte André und griente.

»Nana, mein Hase, mein Schlimmer«, Regina legte einen Arm um ihre Entdeckung, »was du dir immer so denkst in deinem kleinen Kopf, es ist gar nichts Tragisches, wir sind nur alle ein bißchen aufgeregt, weil, es ist . . . nur . . .«, sie blickte sich schnell um, ob Stefanie schon wieder in der Nähe war, »nur ein Quickie in der Küche. Ja! That's it, aber warum ausgerechnet jetzt, da fragst du mich zuviel, die haben doch den ganzen Tag Zeit dafür, *sie* ist nämlich hier die Perle und *er* der Herr des Hauses, da kann man das doch ganz easy zwischen Abwasch und Bügeln erledigen, oder?«

»Nein. Das glaube ich einfach nicht«, sagte Sibylle konsterniert. Und noch einmal: »Nein.«

»Doch doch«, Herrmann hielt ihr die Zigarettenschachtel hin. »Sie wissen doch: Denn jeder Junge hat nun mal / 'nen Hang zum Küchenpersonal! Ging mir übrigens früher auch so, früher, damit meine ich, als ich so neun oder zehn war. Das ersparte meinen Eltern die Unbillen der Aufklärung. Learning by doing, wissen Sie . . .«

»Ich faß' es nicht – Theophil . . .«, Sibylle nahm eine Zigarette und ließ sich von Herrmann Feuer geben.

»Ach«, klagte Regina, »das ist in der Tat ein bißchen überraschend, ich dachte ja auch immer, die beiden sind echte *Dinos:* Double Income, no Sex!«

»Da bin ich wieder!« Stefanie trällerte geradezu vor Munterkeit, als sie ins Eßzimmer zurückkehrte, die Arme voller Bierflaschen. Beherzt stellte sie die Flaschen auf den Tisch. Auch Sebastian kehrte zurück.

»In einer Vierllstunde werde ich wie-er unter Ihre Aung treten könnn'!« sagte er stolz.

»Das einzige, was meine Eltern ein wenig störte, war die Tatsache, daß ich das frisch Erlernte aus purem Übereifer sogleich unter Beweis stellte«, erzählte Herrmann weiter. Er knöpfte versonnen einen Knopf seines Jackettärmels auf.

»Ich erinnere mich noch genau an den spitzen Schrei meiner Mutter, als sie eines Morgens das Wohnzimmer betrat . . .«

»... Herrmann, oh gosh, ich ahne es, da lagen Sie mit der Küchenfee auf dem Diwan, toujours l'amour machend ...«, Regina streckte Herrmann übermütig ihre Zungenspitze entgegen und strahlte dann Stefanie an.

»Männergeschichten ...«, schnaubte Sibylle verächtlich.

»Ach, woher denn, ich muß doch sehr bitten, die Damen von Kresswitz und Idstein, nein, nein, ich hatte sämtliche Borsten von einem Besen abgeschnitten und sie an eine Skulptur der nackten Diana geklebt – überall dorthin, wo eine Frau im allgemeinen behaart ist!«

Alle lachten, außer Sebastian, der fasziniert Herrmanns Ärmel in Augenschein nahm.

»Ja, saaagn Sie mal, Herr Grünberg, wo lassn Sien arbeiten? Taadelllloser Anzug!«

»Ach, das ist ein Schneider aus Buenos Aires, den ich zuweilen einfliegen lasse, er ist mir immer noch sehr ergeben, wissen Sie ...«, Herrmann knöpfte gedankenverloren den Ärmel wieder zu.

»Phannn-tastisch! S-til is doch das einsige in dieser, dieser demokraschen Neidgesellllschaft, was einn noch ... aufrecht hält!«

»Wem sagen Sie das?« erwiderte Herrmann milde und richtete seinen Blick auf Sebastians Schoß.

Doch Sebastian war zu begeistert, um sich beirren zu lassen. Unverdrossen kämpfte er mit den Wörtern, die sich auf seiner Zunge eigenwillig verformten.

»S-til, S-til unnn nochmals: S-tiiiil!« rief er aus. »Zummm Beis-piel: No – – brownaftersix! Wie oft wirtoch dies schöne Prinzip so roh durchbrochen, auch, ich sages ungern, vonnunsemm großzühing Gastgeber, Tweed . . . Pfeffer un Salz, ausgerechnet, das gehört ins Essen unnich an den Tisch – wo bleibt er nur, der Gastgeber, inieser – huch, dieser *Stillllnnnacht«,* platzte es aus ihm heraus, und diesmal wurde sein Lachen zum Flächenbrand, der über alles hinwegfegte und alle entzündete.

»Gina-Baby, ich weiß nicht, was du so vorhast, aber die sind mir hier zu abgespaced, einer bepinkelt sich, einer tackert die Putzfrau, und die anderen sind ein bißchen angestrengt, da semmel ich lieber noch mal in die Nacht raus, o.k.?« André stand auf, die Bierflasche in der Hand.

Stefanie betrachtete seinen frechen Mund. Es dauerte ein bißchen, bis der Klang seiner Worte sich für sie mit Inhalt füllte. Dann spürte sie, wie eine tiefe, heiße Scham von ihr Besitz nahm. Verzweifelt griff sie sich in die blonden Locken. Es wußten also alle. Und alle starrten sie jetzt an. Plötzlich lachte keiner mehr. Es war still.

»Ja«, sagte Stefanie schließlich leise und blickte zu André auf. »Sie haben recht. Mein Mann, er – er tackert die Putzfrau, besser kann man das wohl nicht formulieren.«

Alle schwiegen. Ratlosigkeit lag auf den Gesichtern. Was tun? Schnell verschwinden? Oder einfach weitermachen, als sei nichts geschehen? Spotten? Trösten? Verdammen?

»Schmeiß' sie raus, das freche Luder!« brach es aus Regina heraus, und dabei schlug sie mit ihrem Fächer auf den Tisch ein, als wolle sie auf der Stelle die Prügelstrafe für unbotmäßige Hausmädchen einführen.

»Schmeißen Sie *ihn* raus, den Küchen-Casanova!« setzte Sibylle nach. Sie war wütend. Erst machte sich dieser Theen unmöglich und jetzt auch noch Theophil.

»Schmeiß' alle beide raus, Lady, und mach dir ein paar schöne Stunden, o.k.?« sagte André und setzte sich wieder.

Stefanie sah geradewegs in seine Augen. Und während ihr Blick sich an ihm festsaugte, straffte sich ihr Körper.

»Natürlich werfe ich die Kleine nicht 'raus«, sagte sie langsam und kontrolliert. »Das haben die beiden nun wirklich nicht verdient: Die Heimlichkeit der großen Affäre, die Romantik schäbiger Hotels, die Dramatik der Königskinder – einander unerreichbar und begehrenswert. Oh nein. Sie bleibt und er bleibt. Soll er doch zugucken, wie sie seine Unterhosen bügelt, soll sie ihn doch langweilen mit Kochrezepten und Küchengeschwätz, und sie, sie soll ihn erleben im grauen Alltag, unrasiert und phlegmatisch, ein antriebsschwaches Haustier, das sich stundenlang mit der Zeitung auf der Toilette einschließt.«

Eine kleine atemlose Pause entstand.

»Bravo!« sagte Herrmann Grünberg schließlich und applaudierte lautlos.

»Chapeau-Chapeau, liiiebsde Stefanie!« rief Sebastian Theen und mit einem Schlag brach eine erleichterte Fröhlichkeit am Tisch aus.

Alles halb so schlimm. Wofür hatte man schließlich Freunde?

»Ich gebe zu, es war mir einen Moment lang ziemlich peinlich, doch schließlich sind wir hier nicht in einem Strindberg-Stück! Herrgott, ich habe weder die Absicht mich aufzuhängen noch Theophil zu erschießen, das alles ist doch furchtbar abgeschmackt ...«

Stefanie lehnte sich zurück, und während sie sich reden hörte, spürte sie, daß jedes ihrer Worte sie ein paar Zentimeter zurückholte aus der Bodenlosigkeit, in die sie gestürzt war. »Wir leben ja letztlich im postbourgeoisen Zeitalter, die Vorstellung von der Ehe als familiärem Zwangsverband hat weder Reiz noch Gültigkeit, jetzt, an der Schwelle eines neuen Jahrtausends«, – für einen Moment schaute sie in die verschlagenen Fuchsaugen Andrés, und ihr Kopf war voller flackernder Sterne, »deshalb halte ich es lieber mit einer Sicht der Dinge, in der die Ehe eine angenehme Freundschaft ohne lästige Verpflichtungen ist: Eben so, wie Leute, die man lange kennt, erst als ›alte Freunde‹ gelten und wenig später als ›gute Freunde‹, wird der Ehemann im Laufe der Zeit einfach so etwas wie ein Reisebegleiter und ...«, Stefanie holte noch einmal tief Luft, Worte sind wirklicher als das Leben, dachte sie, was war schon dieses unappetitliche Knäuel in der Küche gegen ihren funkelnden Monolog, ». . . und wir müssen uns einfach damit abfinden, daß Reisebegleiter sich zuweilen aufführen wie Animateure im Club Mediterranée, die ohne Ansehen von Stand und geistigen Gaben auf den Pfad der Untugend zerren, was ihnen so über den Weg läuft!«

Man hatte ihre kleine Rede zunächst mit Ohos und Pfiffen begleitet, jetzt brach Beifall aus.

»Sie hält sich phantastisch!« flüsterte Sibylle Sebastian zu. »So gehööört essich auch!« flüsterte Sebastian zurück.

Regina beugte sich an André vorbei zu Stefanie und drückte ihr die Hand.

»Männermännermänner!« sagte sie mit komischer Verzweiflung und verdrehte die Augen, als sei ihr genau dasselbe schon hundertmal passiert.

»Was heißt hier: Männer?« protestierte Herrmann. »Wir wollen doch nicht eine ganze Spezies leichtfertig verdammen wegen eines Herrn, der über so viele weibliche Qualitäten verfügt, als da sind: Falschheit, Schwachheit, Neigung zur Unzucht . . .«, der Rest ging unter in Ausrufen der Entrüstung.

»Das eben war nicht schlecht, Lady«, sagte André und zwinkerte Stefanie zu.

»Danke, Sie kleiner Charmeur!« flüsterte sie zurück.

André lächelte sein Zahnlückenlächeln. Gar nicht so übel, diese Chaneltante. Die steht auf mich.

»Schon gut, Lady«, grinste er und strich ihr eine Locke aus der Stirn.

Stefanie erschauerte. Diese Geste bescherte ihr einen Taumel seliger Fassungslosigkeit. Sie griff nach Andrés Flasche und setzte sie an die Lippen.

Fallhöhe ist gleich Lustgewinn, dachte Sibylle. Und mit einem Bein bist du schon runter vom Sockel, Stefanie.

»Also . . . also ich kann – einfach nich mehr mit annnsehn!« rief Sebastian entsetzt aus. »Ich versteh-ja, werte Stefanie, dasssie diese Bier, äh, Biergeschichte irrngwie forcieern wolln, doch diesnn Anblick ertrahich nich länger. Auf der Sch--tellle sorgich jetzzz für angemessn'ne Geträng-ke!« Er sah auf die Uhr.

»Ich wer' Alfred nochmal anrufnn, meinn Majordomus, er sollluns champanjj bring!!« Unternehmungslustig sprang er auf. Wieder kippte sein Stuhl, doch Sibylle fing ihn geistesgegenwärtig auf.

»Fein, liebster Sebastian, fein, fein!« summte Stefanie. Soll er doch telephonieren, sie jedenfalls trank jetzt Bier. Demonstrativ setzte sie die Flasche noch einmal an die Lippen und blinzelte André zu. Der ergriff ihre Bierflasche, ohne die Augen von Stefanie zu lassen, leckte lüstern ein paar Schaumspritzer vom Flaschenhals und trank ebenfalls.

»Es scheint der Abend der Mésalliancen zu sein«, sagte Herrmann Grünberg leise, an Sibylle gewandt.

»In der Küche muß ja der Teufel los sein. Und ...«, er deutete mit den Augen auf Stefanie und André, »... hm, es gibt eben auch männliches Küchenpersonal, gewissermaßen, finden Sie nicht?«

Sibylle schlug die Augen nieder. Herrmann wirkte so gnadenlos nüchtern, wie machte er das nur? Schließlich bediente er sich unaufhörlich aus der Whiskeyflasche. Wie lästig, so ein Beobachter. Sie war unvorsichtig gewesen. Genauso unvorsichtig wie jetzt Stefanie und André.

Sibylle beobachtete die beiden mit Abscheu und Faszination. Die taten es am Ende noch vor aller Augen. Waren ja völlig hin und weg voneinander. Wahnsinn. Und Regina? Sie schien nicht besonders eifersüchtig zu sein. Zwar beobachtete sie argwöhnisch, was sich da unmittelbar neben ihr ereignete, doch sie enthielt sich jeden Kommentars. Seltsam, dabei war sie doch mit ihm mehr als vertraut, drückte und küßte ihn wie ein lebensgroßes Kuscheltier.

»A la bonheur!« rief Regina jetzt begeistert. »Champagner! Sebastian ist mal wieder der alte Teufelskerl, dingdong, dieser Mann hat's einfach, André, sieh gut hin, mein Hase, von diesem Herrn kannst du eine Menge lernen! Sophistication ohne Ende, einfach classé!«

»Schon o.k., hast ja recht, Gina-Baby!« André löste sich kurz aus seiner intimen Unterhaltung mit Stefanie und grinste seine Gönnerin an. »Ich habe noch nie einen gesehen, der sich mit so viel Stil bespült!«

»André . . .!« Regina gab ihm einen Klaps mit dem Fächer.

Stefanie dagegen lachte ungeniert. Recht hatte er, der kleine André! Sie wurde nicht müde, ihn zu betrachten.

Was war das nur für ein Wunderding. Nicht schön, nicht klug, kein Geld, der Bel Ami eben. Warum verliebte sie sich immer in Männer, die es nicht verdienten, fragte sie sich mit geheimem Hochmut. Gierig nahm sie seinen leichten Schweißgeruch wahr, folgte mit den Augen der Linie seiner Lippen, ließ sich streicheln von seiner Stimme, die weich und doch aufgerauht war, eine Stimme im Gegenlicht, deren Konturen sanft leuchteten, ein Versprechen jedes Wort, eine Unverschämtheit jede Pause. Ein Lächeln zum in-die-Fresse-schlagen, dachte Sibylle.

»Sagen Sie mal, Frau von Kresswitz, wo haben Sie unseren jungen Künstler eigentlich aufgelesen?« fragte Herrmann Grünberg mit leicht vorwurfsvoller Stimme. »Direkt von der Straße oder wurde er zusätzlich noch auf einer Akademie verdorben?«

»Okeydokey«, Regina zögerte, sie sah zu André hinüber, der leise auf Stefanie einredete, »ich weiß ja nur allzu gut, daß junge Künstler für Sie allesamt trash sind – aber, Darling, Ihre alte Garde ist auch nicht mehr auf der Überholspur; das Leben geht weiter, Tel-Aviv, sagt der Franzose, und der Kleine hier ist einfach rasend begabt – ein Klassiker von übermorgen!« schloß sie stolz.

Herrmann grinste. »Also, in seinem Alter hatten sich andere schon ein Ohr abgeschnitten!«

»Und woher kommt er nun wirklich?« fragte Sibylle.

»Er kommt direkt aus dem Underground!« schwärmte Regina.

»Underground? Das ist doch eine Erfindung der siebziger Jahre!« Herrmann klang geradezu mitleidig.

»Eben, eben!« jubilierte Regina. »Die Siebziger haben jetzt doch ein phantastisches Revival!«

»Sie sind geradewegs vom Himmel gefallen!« flüsterte Stefanie. »Vorsicht, ich bin ein schwarzer Engel, ein böser, böser Junge . . .«, erwiderte André leise und streichelte die Bierflasche. Stefanie sah es und atmete schwer. Sie spürte eine Erregung, die von Angst kaum zu unterscheiden war. Sie hatte das Gefühl, in eine Falle gegangen zu sein.

»Ich fürchte, das Wunderkind hat bereits eine europäische Dépendance Ihrer Heiratsschwindlerschule absolviert«, sagte Sibylle und zwinkerte Herrmann Grünberg zu.

»Wohl kaum – ein blutiger Anfänger, würde ich sagen, wenn auch nicht untalentiert«, erwiderte Herrmann.

»Ach, er ist eben ein Draufgänger, unser André«, verteidigte ihn Regina, und wieder wirkte sie eher stolz als eifersüchtig.

Sibylle war verblüfft. War Regina nun souverän oder einfach nur resigniert? Schließlich lief die Nummer da drüben entschieden zu heftig, um noch ein harmloser Flirt zu sein.

Stefanie und André waren bereits in einen Kokon des Begehrens eingesponnen, und während sie über belanglose Dinge sprachen, hatte sich etwas in ihnen längst verständigt, jenseits der Worte. Wie sie so dasaßen und redeten, erinnerten sie an Hundebesitzer, die sich noch beim Smalltalk aufhalten, während ihre Hunde bereits hinter dem nächsten Strauch kopulieren.

»Ich mag es, wenn du Bier aus der Flasche trinkst«, sagte André und hielt ihr die Flasche hin. »Steht dir gut!«

Stefanie griff zu. Ja, du Teufel.

»Es ist nun mal so«, erläuterte Herrmann Grünberg mit einem Seitenblick auf Stefanie und André, »das Schöne und das Häßliche, das Erhabene und das Triviale, das Kluge und das Dumme sind keine wirklichen Gegensätze. Sie sind oft geradezu unzertrennlich. Nehmen wir ein Essen. Wann ist das Fleisch noch appetitlich, wann hat es den aparten Zustand des Hautgout und wann ist es ungenießbar? Die Grenzen sind fließend, würde ich sagen ...«

»Dein Fleisch ist genau zwischen appetitlich und Hautgout ...« flüsterte André Stefanie ins Ohr, und sie genoß dieses Kompliment, das den Hautgout einer Beleidigung hatte.

»Ich glaube, der Fisch war nicht ganz in Ordnung, aber genießbar war er gerade noch!« schmollte Regina. Sie versteht mal wieder gar nichts, dachte Stefanie.

»Im übrigen ist der Ekel keine unbeträchtliche Quelle des Genießens«, dozierte Herrmann weiter. »Und bezeichnenderweise kippen die Insignien des Genusses leicht um. Ist Ihnen mal aufgefallen, daß manche Menschen auffallend nach Essen riechen, wenn sie schwitzen?«

»Herrmann! Sie sind un-aus-steh-lich!« quietschte Regina vergnügt.

»Aber nein, ich spreche nichts als die Wahrheit. Nehmen wir die kleine Verkäuferin aus dem Papierladen an der Ecke. Also, wer in diesen Dingen empfindsam ist, sollte den Laden nicht im Hochsommer aufsuchen. Kalbsbraten, würde ich sagen, Kalbsbraten mit Kartoffelbrei!«

»Bitte, bitte, hören Sie auf, ich muß mich sonst gleich übergeben!« flehte Sibylle.

»Und wenn schon: Auch der Brechreiz ist ein Reiz, und um Reize geht es doch wohl heute abend? Reizende Gespräche, reizbare Menschen und mit etwas Glück auch haltlose Reizwäsche?«

Jaja, du bist der King of Kalau, dachte Sibylle entnervt, toll, so richtig authentisch!

»Tadaaa!« Sebastian war eingetreten, er deutete einen kleinen Tusch an und breitete die Arme aus, als wollte er den zu erwartenden Dankeschor der durstigen Gäste dirigieren.

»Da binnich wieder! Eine Kissste aus Theens

kühlm Keller wird sogleich hier eintreffnn! Wöff Klikkooo! Die prickklnnde Witwe! Und wenn ich richtich gehört habe«, er kicherte wie ein Pennäler, »dann könnn-te dieser Chammpanjjj ein unselges Omen sein, oh liiiebsde Stefanie, verzeihnse mir diesen so üüberaus gewagten, eintlich degoutannn-ten Scherz, noch sinnse natürlich keine Witwe, aber aus der Küche dringg selt-sam-ste Räusche, äh, Geräusche, diesmal jedoch könnn-te man sie ein . . . ein Klopfen nennn und wenn mich nich allllns täuscht«, Sebastian ruderte mit den ausgebreiteten Armen, »wolllnn die Vögelchen dem warmm Nest entfliehnn!«

Alle horchten und tatsächlich drang ein dumpfes Pochen vom Flur an ihre Ohren.

»Wolle mer se' rei'lasse?« kreischte Regina in die Stille hinein, und augenblicklich klatschten und lachten alle.

»Warum denn bloß?« rief Stefanie ausgelassen. »Denen ist wohl der Gesprächsstoff ausgegangen? Tut mir leid, aber dafür fühle ich mich partout nicht zuständig!« Sollte Theophil die Nacht doch in der Küche verbringen und mit Maria Gläser spülen. Außerdem – wo war überhaupt der Schlüssel? Egal, jetzt kam der Champagner, und sie vermißte hier wirklich niemanden. Ganz im Gegenteil.

»Eins meiner Gedichte heißt: ›Flirting with this desaster‹«, sagte Sibylle, an Sebastian Theen gewandt, und rollte dabei die Augen in Richtung Gastgeberin. Dann griff sie seufzend zu einer Bierflasche, goß sich ein und prostete Sebastian zu.

»Haben Sie das bei Dorothy Parker gefunden?« fragte Herrmann.

»Nein, bei Chet Baker!« antwortete Sibylle.

»Ach Sibylle, bitte, Liiiebsde, warten Sie doch auf – hedlere Getränke, Bier macht so vulgär . . .«, ermahnte Sebastian seine Tischnachbarin, wobei er sichtlich um Fassung rang.

Aha, er bekommt ein wenig Angst vor mir, dachte Sibylle. Bin ihm zu kerlig mit dem Bier in der Hand. Na gut, im Namen der Kunst, der Literatur und der heiligen Kohle. Eilfertig stellte sie das Glas auf den Tisch zurück, ohne auch nur genippt zu haben. »Wunderbar, werter Sebastian«, spöttelte sie, »vulgär – das ist eines meiner Lieblingswörter. Klingt einfach – vollmundig, sinnlich. Übrigens wie alle Wörter, die so anfangen: Vulgata, Vulkan, Vulva . . .«

»Donnerwetter«, sagte Herrmann.

Sebastian errötete dermaßen tief, daß man sich wundern mußte, woher dieser anämische Mann plötzlich soviel Blut nahm, um sein Gesicht mit Purpurfarbe zu überziehen.

»Ganz schön keß, die Theatermaus!« Endlich konnte Regina ihrem Ärger ein wenig Luft machen. Das war wirklich der Gipfel, wie sich Sibylle Idstein an ihren, an Reginas Sebastian Theen ranschmiß.

»Darling, Sie sind ein bißchen durcheinander, was ich ja verstehen kann, sweetheart, wenn man neben einem so tollen, tollen Mann wie Sebastian Theen sitzt, aber meine Mutter sagte immer, nicht wahr, Sebastian, Ihre Frau Mutter sagte so etwas bestimmt auch immer, sie sagte: Maaach' diich niicht billiiig, Gooooldeng-gel! Auch André, der Racker, ist natürlich manchmal crazy, aber er weiß ganz genau: niemals mitten in der audience, cherchez la femme ist o.k., aber immer schön dezent!«

»Und was ist daran –«, Sibylle deutete mit der Hand auf Stefanie und André, die begonnen hatten, einander verstohlen zu berühren, »– was ist daran denn nun so furchtbar dezent?«

»Aber, meinnne Daaam!« rief Sebastian Theen.

»Lassen Sie sie doch«, beschwichtigte ihn Herrmann, »vielleicht sehen wir heute abend noch einen Damen-Ringkampf!«

Es klingelte.

Sebastian sprang auf und lief zur Tür. »Dassiss Alfred, mein guter, verläßlicher Alfred!« rief er.

Man hörte ihn die Haustür öffnen und mit jemandem sprechen, schließlich kehrte er ins Eßzimmer zurück, beladen mit einem Karton und einem dunkelgrauen Kleidersack.

»Und wo ist Ihr – ›Majordomus‹?« fragte Regina. Das Wort hatte sie beeindruckt.

»Hat sich zurückgezoon, diskreter Mann, guter Mann.«

Sebastian legte den Kleidersack über Theophils Stuhl, dann setzte er den Karton ab und begann die

Pappe aufzureißen. »Hmmm, Stefanie, pardon, wo sind'nn bitte die Champannjjj-Gläser?«

Stefanie fiel es offenbar schwer, den Blick von André abzuwenden, doch als ihr der Sinn der Frage klar wurde, verfinsterte sich ihr Gesicht.

Sebastian hob verzweifelt die Arme. »Wie? Etwa auch dort, wo – ich meinnn, wo die bei'nnn . . .«

»Ja, genau«, schnitt ihm Stefanie das Wort ab, »und ich habe nicht die Absicht, jene Tür auch nur einen Millimeter weit zu öffnen, abgesehen davon, daß mir völlig entfallen ist, wo ich den Schlüssel deponiert habe!«

Sebastian stutzte, denn diesen Tonfall kannte er nicht an Stefanie. »Tjada . . . wer' ich mal mein Dérangement behehm«, sagte er kleinlaut und ergriff den Kleidersack.

»Der Schlüssel ist verloren?« fragte Herrmann. »Was für eine aparte Absence! Ich sag's ja, beste Stefanie, Sie haben zuviel Freud gelesen!«

»Heißt das, du willst tatsächlich die beiden die ganze Nacht schmoren lassen?« Regina war begeistert. »Oh, Stefanie, du bist wirklich einmalig!«

»Sie läuft zu echter Größe auf, die Lady!« fügte André hinzu und gab Stefanie einen Handkuß, dessen Heftigkeit nur noch entfernt an eine rituelle Handlung erinnerte. Er küßte zunächst den Handrücken, bis er feucht glänzte, dann jeden Finger einzeln.

»André, mein Häschen, nicht übertreiben, hörst

du, Rackerchen, don't overdo it!« Regina klang nervös. Aha, dachte Sibylle.

»Gina-Baby, die Dame steht drauf, frag sie doch mal!«

Stefanie lachte glücklich. »Genau! Ich steh' drauf!«

»Nettes Lustspiel, das die zwei da geben!« Sibylle wirkte eher neidisch als empört. »Für Delay bleibt denen gar keine Zeit ...«

»... und da drängt sich geradezu die Frage auf, ob dieser junge Mann eine glückliche Wahl war ...«, ergänzte Herrmann.

»... eine *sehr* glückliche Wahl ...«, gurrte Stefanie, die es immer noch genoß, wie ihre Hände liebkost wurden. Andrés Gesicht war nicht zu sehen, doch er gab kleine schmatzende Laute von sich. Alle starrten auf diese Szene ungenierter Verführung, die in solcher Öffentlichkeit etwas ganz und gar Unwirkliches hatte.

Vom Flur hörte man es wieder pochen, diesmal deutlich lauter. Alle blickten unwillkürlich zur Tür.

Als hätte er auf das Zeichen eines Regisseurs gewartet, erschien Sebastian im Türrahmen. Er trug einen dunkelgrauen Anzug, der sich von dem befleckten Modell in nichts unterschied. Nur eine neue Krawatte fiel ins Auge. »Binnich rehabillitiert?« Mit diesen Worten breitete er die Arme aus wie ein Showstar, der den aufbrandenden Applaus seines Bühnen-Comebacks entgegennimmt.

»Ganz und gar, mit Haut und Haar«, juchzte Regina.

»Schade nur, daß unsere Gastgeberin es so gar nicht goutiert«, tuschelte Sibylle.

»Frauen verwechseln ihren Hintern mit ihrem Herzen . . .«, sagte Herrmann Grünberg leichthin, so, als kommentiere er das Wetter. Sebastians Lachen klang eher wie ein Schluchzen. Es war alles ein bißchen viel.

»Das ist jetzt aber Bukowski«, sagte Sibylle.

»Nein, Flaubert«, erwiderte Herrmann.

»Er ist eben unberechenbar, ein sinnliches Wesen, so ist das nun mal mit diesen jungen Künstlern, my god! Bald wird tout le monde sich um ihn reißen – und um seine Kataloge!« Regina versuchte zu retten, was zu retten war.

Sibylle platzte der Kragen. »Warum nehmen Sie ihn auch noch in Schutz? Nachdem er Sie so offensichtlich betrügt?«

»Betrügt . . .? Nun –« Regina zögerte.

Andrés Kopf tauchte aus Stefanies Schoß auf. »Betrügt? Gina-Baby, das ist jetzt aber XXL-bescheuert!«

»Aber, Hase, nimm's nicht so wörtlich . . .«, Regina rutschte unruhig auf ihrem Stuhl hin und her, ». . . wir haben ein kleines Arrangement, denk' dran . . .!«

»Schon gut, aber . . .«

»Ein Arrangement? Ein Schoßhündchen-Abkommen? Sex gegen PR? Ich wußte gar nicht, Frau von Kresswitz, daß man Sie mit Naturalien bezahlen kann!« Sibylle kam in Fahrt.

»Aber, beste Sibylle . . .«, unglücklich schaute Sebastian Theen zwischen Sibylle und Regina hin und her.

»Gina-Baby, ich hab' keinen Bock auf so eine Nummer, nachher denken die noch, ich steh' auf Stützstrümpfe, nee, echt ... komm schon, sag es!«

Regina hatte sich erhoben und segelte auf André zu.

»Hase, Hase!!«

André legte einen Arm um Stefanie und grinste Regina herausfordernd an.

»Gina, Gina!« äffte er Regina nach.

Das Pochen und Klopfen auf dem Flur steigerte sich.

»Ich muß mit dir reden!« rief Regina. »Unter vier Augen!«

»Ach, Verehrste«, sprang Sebastian ihr bei, »sollichs mal versuchen? Dumme Situation das, doch ganz sicherlichnich hoffnungslos, liiiebe Frauvon-Kresswzzz, ich lassenich zu, daß Ihr guter Name dermaßnnn beschmutzzz wird, es mußoch ein Einnnvernehmmm durchaus hergestellt wernnn könnn, hörn Sie, Herr ... André, äh, wie war noch Ihr vollstännndiher Name?«

Das Pochen draußen bekam etwas Unheimliches.

»Kresswitz!« antwortete André langsam und deutlich, »André von Kresswitz!«

Auf dem Flur schien etwas zu explodieren. Ein Bersten und Krachen war zu hören, als ob eine ganze Lastwagenladung Holz zersplitterte.

Einen Moment später stand Theophil im Eßzimmer. Sein Kopf war hochrot, seine Brille war verrutscht, das Hemd hing aus der Hose, an seinen Füßen fehlten die Schuhe.

»Das machst du nicht noch mal mit mir!« preßte er keuchend hervor, während er langsam auf Stefanie zuging.

»Die Reise ins Reich der Sinne ist ihm aber gar nicht gut bekommen«, sagte Herrmann mitfühlend.

»Theophil, Darling, cool down!« rief Regina erschrocken.

»Gesetztes Essen – was für ein elender Dreck!« Theophil spuckte die Worte aus wie eine verdorbene Speise. In der rechten Hand hielt er ein riesiges Küchenmesser.

»Um Gottes willen, er hat ein Messer!« entfuhr es Sibylle. »Ein – ein Schlachtmesser!«

»Tu das Messer weg!« kreischte Regina und tastete nach ihrem Fächer, wobei sie klirrend zwei Gläser umwarf.

»Einen Arzt!« rief Herrmann.

»Polizei!« japste Sebastian.

Währenddessen lief Sibylle um den Tisch herum und blieb mit erhobenen Händen direkt vor Theophil stehen. »Theophil!« schrie sie. »Machen Sie jetzt bloß nicht den Ripper!«

André war aufgesprungen und versuchte, Stefanie mit seinem Stuhl zu verteidigen. Er drehte die Stuhlbeine abwehrend in Theophils Richtung.

»Alter, das bringt nichts!« versuchte er es, doch seine Stimme klang dünn.

»Nie wieder!« schrie Theophil. Er riß den Arm mit dem Messer hoch.

Sibylle kreischte und wich zurück.

»Einhall! Ich gebiete Einhall!« rief nun Sebastian und erhob sich, wobei sein Stuhl ein weiteres Mal krachend umfiel.

»Philli!« schrie Regina in das Poltern hinein und ließ geistesgegenwärtig ihren Fächer auf Theophils Schulter sausen, so daß es aussah, als wollte sie ihn hinterrücks zum Ritter schlagen.

Verblüfft fuhr Theophil herum. Er sah Regina und lachte höhnisch.

»Was weißt denn du ...«, rief er.

Dann machte er einen weiteren Schritt auf Stefanie zu, die Rechte mit dem Küchenmesser hoch erhoben.

Auch Sebastian hatte nun den Tisch umrundet, hielt sich aber in sicherem Abstand zum Geschehen. Er hatte sich mit einer Bierflasche bewaffnet und sprang umher wie auf dem Paukboden. »Krug, nehmmmse Vernunft an!« krähte er.

Doch Theophil schien all das nicht wahrzunehmen. »Wie war das noch?« schrie er und seine Stimme überschlug sich. »›Das Mitleid des Henkers ist ein scharfer Schnitt‹?«

Stefanie war die ganze Zeit seltsam ruhig geblieben. Sie musterte Theophil wie einen entfernten Verwandten, der nach Jahren plötzlich wieder vor der Tür steht. Dann schien sie ihn langsam wiederzuerkennen. Sie sah ihn an. Sie lächelte.

Alles wirkte wie ein Standbild im Fernsehen, gleichsam eingefroren. Zum Denkmal des Rächers erstarrt stand Theophil da. Auch Sibylle und Regina rührten sich nicht. Alle spürten:Jeden Moment mußte etwas passieren. Ein Mord. Ein Selbstmord. Ein Wunder. Irgend etwas.

Plötzlich klingelte ein Telephon. Das heißt, es klingelte nicht, sondern spielte »Für Elise«.

Regina ließ den Fächer fallen, stürzte zu ihrem Beutel und fingerte das Handy heraus.

»Halllihallo?« fragte sie hastig. »Ach, du bist es, hm, ist wirklich kein so guter Moment, sorry, aber das date übermorgen ist roger, okeydokey, ciao bello . . . Sorrysorrysorry«, schloß sie und blickte kleinlaut in die Runde.

Langsam, wie der Sekundenzeiger einer Bahnhofsuhr, ließ Theophil den rechten Arm mit dem Küchenmesser sinken.

Stefanie lächelte noch immer.

»Komm, setz' dich«, befahl sie André, der verblüfft gehorchte. Er stellte den Stuhl zurück, nahm Platz und ließ es geschehen, daß Stefanie eine Hand auf sein Knie legte.

Theophil stierte auf Stefanies Hand, die sich an einer Stelle befand, wo sie nicht hingehörte. Verwirrt blickte er von der Hand auf Andrés unsicher grinsendes Gesicht.

»Nun, äh, Herr Krug, möglicherweise darf ich diese heiggle Si-tuation –«, Sebastian warf einen irritierten Blick auf André, »– ein wenig entschärfnnn, indem ich zunächstmal, ohne natür-lich irngwie vorgreifnnn zu wollnnn, jedoch aus Grünnn der Connntenance . . .«

Theophil unterbrach ihn roh.

»Was?« sagte er kalt. »Was wollen Sie eigentlich sagen, Sie verdammter Schwätzer?«

»Wie brutal! Er, er . . . ist . . . brutal!« stammelte Sebastian.

»Mein Gott, Theophil, du bist wirklich die lächerlichste Figur, die ich seit langem gesehen habe.«

Stefanies Stimme klang sachlich.

»Standbein und Spielbein völlig verwurschtelt, hohles Pathos in Wort und Rede, abgenutzte Gestik, das Messer ein dummer Regieeinfall, die Situation spätbürgerliches Melodram, tut mir leid, mein Lieber, daß ich mich wiederhole, aber selbst auf die Gefahr hin, dich zu langweilen: Du kommst gut hundert Jahre zu spät!« Sie trank einen Schluck Bier aus der Flasche. »Wo ist eigentlich die arme Kleine? Hat sie deinen – nun, sagen wir mal – Temperamentsausbruch überlebt? Sie sollte längst die Dessertteller abräumen!«

Theophils Gesicht nahm eine steingraue Farbe an. Und während er sichtbar verfiel, strahlte Stefanie um so mehr. Sie erhob sich ruhig, holte eine Flasche aus Sebastians Karton, nestelte an dem Drahtverschluß, und als es schließlich knallte, sah es so aus, als hätte sie ihren Mann mit einem Champagnerkorken erschossen.

Theophil sackte in sich zusammen, fand Halt an der Tischkante und ließ sich dann auf einen Stuhl fallen. Er schlug beide Hände vors Gesicht.

André nahm Stefanie die Champagnerflasche aus der Hand. Er trank ein paar Schlucke, betrachtete dann das Flaschenetikett und sagte anerkennend: »Nicht schlecht, ihr seid hier voll durchgelabelt.«

Theophils Körper zuckte.

»Also Philli, Schatzilein, was machst du bloß für Sachen, dummer Junge«, rief Regina. Sie trat zu ihm und strich ihm vorsichtig durchs Haar, dort, wo es schütter wurde. »Come on . . .«

»No swing, no swing . . .«, wimmerte Theophil, dann floh er aus dem Eßzimmer.

Sibylle sah ihm entgeistert nach. »Was war denn das? Kann mir bitte mal jemand sagen, was das war?«

»Also, in meiner Heimat weiß man, wie man mit einem Messer umgeht«, sagte Herrmann. »Da wäre so etwas nicht passiert, auf halber Strecke einfach zu kapitulieren . . .«

». . . er ist fertig, völlig fertig, Stefanie, er wird sich was antun!« rief Sibylle erregt.

»Oh ja, er hat ja irgendwie eine zarte Seele – trotzdem . . .«, Regina schluchzte.

»Trotz was?« fragte Herrmann belustigt.

»Wieso nennst du ihn eigentlich Philli?« fragte Stefanie und fixierte die aufgelöste Regina.

Regina schluchzte lauter. Dann hob sie den Kopf und horchte. Wüste Klänge drangen aus den Tiefen der Wohnung. Offenbar hieb Theophil mit beiden Fäusten auf das Klavier ein.

Sibylle ließ sich neben Regina auf einen Stuhl fallen. »Ohgottogottogott!« Dann schluchzte auch sie.

»Ich bewundere maßlos, daß unser verehrter Gastgeber diesen Moment höchster Emotion sogleich ins tönende Dasein einer Komposition stellt!« sagte Herrmann. »Klingt recht eigenwillig! Ein musikästhetisches Coming out, würde ich sagen. Sollte er heute abend dem Reagenzglas entflohen sein?«

Mittlerweile hörte es sich so an, als nähme Theophil nicht nur Hände und Arme, sondern auch noch die Füße zu Hilfe.

»Klaviere sind geduldig . . .«, sagte Stefanie gleichmütig, ohne Regina aus den Augen zu lassen. Philli. Das war ja wohl das Letzte.

»Mooooment mal!« schaltete sich jetzt Sebastian ein, der mühsam seine Sprache wiederfand. Er machte wedelnde Handbewegungen in Herrmanns und Stefanies Richtung, so, als wollte er die beiden zum Schweigen bringen, dann wandte er sich zu André.

»Jetzzz noch mal gaaanz langsam und von vorn. Wie lautet Ihr werter Name?«

»Hab' ich doch gerade gesagt«, antwortete André unwirsch, »ich heiße . . .«

»... ach Sebastian, hören Sie nicht auf ihn, den kleinen Hasen«, Regina hörte augenblicklich auf zu weinen und erhob sich flink,wobei sie sich schwarzglänzende Tränen von der Wange wischte, »er ist noch ein Rohdiamant, etwas ungeschliffen eben, etwas kantig, doch bald schon wird er ein kostbares Einzelstück sein, ein Brilli vom Feinsten, am besten, Sie hören gar nicht hin, André, Darling, du wolltest doch noch ein bißchen partytime machen, ›time to say goodbye‹, also los ...«

»... wieso denn, jetzt wird's doch endlich mal ein bißchen lustig hier!« protestierte André.

»Heißt du wirklich von Kresswitz?« fragte Stefanie. Ihre Bräune spielte plötzlich ins Violette.

André zeigte seine Zahnlücke.

»Ja, stimmt genau!«

»Was redest du denn da, Rackerchen ...« rief Regina.

»Du bist also verwandt mit Regina, richtig?« Stefanie ließ nicht locker.

»Kann man so sagen!« lächelte André verschmitzt.

»So sinnn Sie also von Familie? Siehmalllan!« rief Sebastian aufgeregt.

»Hat ihm aber wenig genützt, würde ich sagen, bis jetzt ist er nur ein schlechter ›-witz‹!« warf Herrmann ein.

»Ein – ein Neffe zweiten Grades, anderer Zweig des Stammbaums, Ihr wißt ja, das ist alles immer so weitläufig, die polnische Linie, einfach crazy, so ist das, man hat ja Verwandtschaft in ganz Europa!« flötete Regina.

»Der Neffe aus Dingsda also?« witzelte Sibylle, die das Weinen offensichtlich erfrischt hatte. »Na, dann Gratulation!« Sie ging langsam zu ihrem Platz zurück und trank noch im Stehen ihr Bier in einem Zug aus. Währenddessen zogen ruhigere Klavierklänge durch die Wohnung.

»These foolish things«, sagte Sibylle fachmännisch.

»Stimmt das, André? Du bist Reginas Neffe?« Stefanies Stimme klang jetzt streng.

Statt einer Antwort ergriff André ihre Hände und begann aufs neue, sie zu küssen.

»André, sag's mir!« rief Stefanie. Schuldbewußt sah André auf und betrachtete erst Stefanie, die erhitzt und aufgewühlt vor ihm saß, und dann Regina, die mit wehenden Gewändern hin- und herlief und dabei wild grimassierte, als wolle sie ihm physiognomische Geheimbotschaften übermitteln.

»Ach, was soll's, mir geht das sowieso auf die Eier mit dieser Versteckspielerei – Gina ist – meine Mutter!«

»Deine Mutter?« rief Stefanie entgeistert. Sie wich vor ihm zurück, ganz so, als hätte sie um ein Haar wüsten Inzest betrieben mit dem Sohn, den sie nie geboren hatte. »Das ist ja, das ist ja . . .«

». . . das ist nicht gerade prickelnd«, beendete André den Satz.

»Du hast einen Sohn?« fragte Stefanie und sah Regina geradezu haßerfüllt an.

»Einen Sohn?« wiederholte Sibylle. Auch sie klang feindselig. So wie sie hatten fast alle Frauen, die sie kannte, für vielversprechende Jobs und verheiratete Männer auf Kinder verzichtet. Regina hatte ein ungeschriebenes Gesetz gebrochen. Sie war eine Verräterin, soviel war nun klar.

»Was heißt schon: Sohn?« fiel André verächtlich ein. »Erst in so 'ner Adoptiv-Familie, dann kurz bei ihr, war voll das Chaos, dann ein Nobel-Internat, hat aber nichts genützt, die haben mich sofort wieder rausgeschmissen, dann jahrelang nix gehört, erst vor ein paar Monaten hat sie mich wiederentdeckt. Stimmt's, Gina?«

Alle blickten zu Regina, die schwer atmend vor André stand, die Arme in die Hüften gestemmt wie eine Marktfrau. Man sah ihr an, daß sie André am liebsten geknebelt hätte.

»Ha-ße . . .«, zischte sie.

»Und da hat die Mutterliebe voll durchgehauen! Jetzt plötzlich will sie mich aufbauen, sagt sie, als Künstler, naja, vielleicht klappt's ja, hab' ich gedacht«, er lächelte Regina an, die inzwischen auf einen Stuhl gesunken war und ihn fassungslos anstarrte. »Sie sagt immer: It's a crazy game, lern' die Regeln – und du bist drin!«

»Da hat Frau von Kresswitz zur Abwechslung aber wirklich mal recht, junger Mann«, sagte Herrmann.

»André, stop it!« Regina klang drohend.

»Wieso denn? War doch deine Idee! Deshalb mußte ich doch dieses ganze Zeug lernen!«

André blickte herausfordernd in die Runde.

»Sie hat extra so einen von der Uni kommen lassen, so 'n Graumann mit schwanzlosem Gesicht, der hat mich eine ganze Woche lang mit diesem Schwachsinns-Programm geladen, ›Konzept‹ und ›Topographie des Bewußtseins‹ und so Hirni-Wörter wie ›Cybergnosis‹ und ›Mnemosyne‹, weiß bis heute nicht, was das sein soll, aber Gina weiß das auch nicht, die weiß ja nicht mal, was PMS ist, dabei hat sie es wochenlang, war nur 'n Gag, Gina, schon gut, ging mir aber gleich auf den Senkel, dies ganze Zeug, doch was tut man nicht alles fürs Mutterherz . . .«

»André, shut up, und zwar sofort, ich schmeiß' dich raus, wenn du noch ein einziges Wort sagst, du Monster, du mieses kleines Monster . . .«, mit diesen Worten erhob sich Regina, eilte auf ihn zu, mit erhobenem Fächer, und es sah so aus, als wollte sie ihn züchtigen.

Stefanie konnte Regina noch gerade in den Arm fallen.

»Regina, reiß' dich zusammen, das geht zu weit!«

»Was? Das geht zu weit? Noch eine halbe Stunde, und du hättest mit ihm wer weiß was gemacht, der juice lief ja schon down to your knee, warst ja nicht mehr zu halten . . .«

Mit Abscheu sah Regina auf Stefanie herab.

»FrauvonKrsswzzz, werte Stefanie . . . Konstanzzz, bitte, oh, ich bitte Sie sehr, wir befinnn uns doch aufeiner Stufe der Evolu-lution, wo wir derlei annngemessnnn besprechn könnn . . .«

». . . aber nicht, wenn der Verstand zwischen den Schenkeln sitzt . . .«, stieß Regina hervor.

»Und wo saß der Verstand bei dir, als du mich gemacht hast?« fragte André. »Viel Grips war in dem Moment jedenfalls nicht in der Birne!«

»André . . .« rief Regina entsetzt. Sie taumelte. Stefanie konnte sie gerade noch stützen, was sie selbst allerdings fast um ihr Gleichgewicht gebracht hätte. Dann setzten sich beide vorsichtig. Regina begann zu schluchzen.

»Das habe ich nicht verdient, das nicht, ach, André . . .« schniefte sie in sich hinein.

»Ei-nnn Glas Wasser!« rief Sebastian, doch keiner rührte sich. André schob Regina die Champagnerflasche herüber. »Komm schon, trink' was drauf, ›panther ray‹ oder so, sagst du doch auch immer . . .«

Regina nahm eine Serviette und wischte sich ein paar schwarze Tränen aus den Augenwinkeln.

»Jaja, ich verstehe Ihren Kummer«, sagte Herrmann Grünberg sanft, »ich selbst bin ja Ehrenvorsitzender der Herodes-Gesellschaft, Gerichtsstand Bethlehem, ein warmes Zuhause für Kinderhasser, und hier, bei Ihnen und Ihrem . . . äh, Sohn, sieht man wirklich mal, wie weit man sinkt aufgrund jener unseligen Neigung zur Fortpflanzung . . .«

»He-herodes-Geselllschaft?« fragte Sebastian entgeistert.

»Aber ja, eine sehr ehrenwerte und exklusive Vereinigung ist das, mit dem Ziel, die postnatale Geburtenkontrolle populär zu machen – gewissermaßen. Und wenn mich nicht alles täuscht, würde unsere liebe Frau von Kresswitz in diesem Moment sehr gern Mitglied werden . . .« Herrmann deutete eine Verbeugung in Reginas Richtung an, ». . . doch leider, leider sind Damen nicht zugelassen wegen erwiesener Gefahr, rückfällig zu werden . . .«

»Wie furchtbar, oh Gott, wie furchtbar«, schluchzte Regina.

»Und wer ist der Vater?« fragte Sibylle, völlig ungerührt von Reginas aufgelöstem Zustand.

»Der Vater, ach . . .«, schnaubte Regina. Sie legte die inzwischen buntscheckige Serviette auf den Tisch zurück und schob die Feder tiefer ins Haar.

Dankbar griff sie zur Champagnerflasche und goß sich etwas in ein Glas, das gerade vor ihr stand und in dem noch Bierreste dümpelten.

»Einhalll! Ich werde jetzzz annns-tändige Gläser holen!« rief Sebastian und lief davon, offensichtlich erleichtert, diesen Abgründen für einige Minuten zu entfliehen.

Regina aber sah nichts und hörte nichts und schaute nur versonnen in ihr Glas, in die trübe Flüssigkeit, die darin entstanden war.

»Damals war ich gerade schlank«, sagte sie leise.

»Dann wurde ich wieder dick, dann wieder schlank und so weiter. Immer, wenn ich schlank war, passierte etwas Merkwürdiges: Die Männer guckten plötzlich hin. Und ich, ich konnte es immer gar nicht fassen, ich war doch die pummelige Regina. Meine Mutter sagte immer: ›Wir sind die Familie, in der sie alle dicke Arme haben‹, und deshalb glaubte ich, daß ich dicke Arme hatte – auch dann, wenn ich mal gerade schlank war. Naja, ich war also gerade schlank, Atkins-Diät oder so, und da läuft er mir über den Weg, ihr versteht, gleich hier«, sie machte eine diffuse Geste, die unter das Tischtuch zielte, »erregt, jahrelang null Erotik, leer, langweilig, und jetzt: einfach scharf, crazy, gut drauf!«

Sebastian stellte klirrend Champagnergläser auf den Tisch.

»Die habich im Küchnschrank gefunn, war durchaus nich schwer!« sagte er stolz, doch niemand achtete auf ihn. »Und Ihre – hm, Kallt-Mammmselll will offenbar gehnnn, werte Stefanie . . .«, fügte er hinzu.

Stefanie überhörte es.

Regina lächelte bitter und blickte von einem zum anderen. Es blieb stumm. Alle warteten.

»War irgendeine Vernissage, eine Freundin sagt noch: Hast du gesehen? Der Duweißtschon ist auch da, vom Magazin, und da kommt auch schon so ein kleiner Mann auf mich zu, stellt sich vor und sagt: ›Ich möchte gern ein Bier mit Ihnen trinken‹.«

»Nun, diese Avance ist wohl kaum ein schönes Beispiel für den brillanten Geist, den man ihm nachsagt, da hat man doch schon Originelleres gehört ...«, sagte Herrmann schadenfroh.

Regina hob matt die Hände.

»Egal, egal. Die Anmache war ganz unwichtig. Aber dann. Toller Mann. Intelligent ohne Ende. Kann erzählen, einfach so, ein Satz nur – und der sitzt dann. Format eben. Top. Dann haben wir die Nacht zusammen verbracht.«

»Regina, du liebe Güte ...«, entfuhr es Stefanie. Forschend sah sie zu André, ob man irgendeine Ähnlichkeit erkennen konnte.

André betrachtete teilnahmslos seine Fingernägel.

»Und wie war's?« fragte Sibylle neugierig und ohne jedes Mitgefühl. »Der Duweißtschon soll ja furios im Bett sein – das heißt, gewesen sein!«

Sebastian und Herrmann tauschten indignierte Blicke. Nicht, daß sie nicht genau die gleichen Gespräche über Frauen führten, doch niemals in deren Gegenwart.

Regina jedoch schien nichts wahrzunehmen, statt dessen redete sie weiter, wie ein Automat, der, einmal in Aktion gesetzt, das ganze Programm ausspuckt.

»Wie soll's sein mit einem Mann, der mit über vierhundert Frauen geschlafen hat, wenn's stimmt, was die Leute so sagen. Der hat's eben, der Mann weiß, was man mit einer Frau macht, von-vorn-vonhinten-von-oben-von-unten, der ist besser als jeder andere, aber auch irre routiniert.«

»Achachach«, rief Sebastian.

Regina erschauerte, dann ordnete sie unwillkürlich ihre Gewänder, ganz so, als habe der Duweißtschon soeben noch einmal in ihren Kleidern gewühlt.

»Und wie ging's weiter?« fragte Sibylle.

»Nach ein paar Wochen – aus, vorbei, game over«, antwortete Regina knapp.

»Aber warum nur?« Stefanies Sensationslüsternheit hatte sich inzwischen zu einem weiblichen Mitgefühl geläutert, und sie witterte hier eine gewisse Tragik, der sie auf den Grund gehen mußte. Schließlich war Regina auch nur eine Frau, so wie sie selber.

Regina spielte ungeduldig mit ein paar Brotkrümeln.

»Ich mochte seine Freunde nicht, falsche Freunde, du weißt schon, Schmilinsky und all die anderen, die alte Geschichte. Ein paar Wochen später merkte ich, daß ich schwanger war.«

Sie warf einen Blick auf André.

»Und dieses kleine Miststück ist dabei herausgekommen«, fügte sie liebevoll hinzu.

»Angesichts dieses Vaters ist er ja geradezu stattlich geworden«, bemerkte Herrmann trocken.

»Die Verbinnung von Aahl und Geisss issoch überaus – spannnd!« rief Sebastian begeistert und es war offensichtlich, daß er André nun mit ganz neuen Augen betrachtete.

Herrmann und Sibylle tauschten einen kurzen Blick.

»Und – hast du *ihn* geliebt?« Stefanie vergaß jeden Spott und wollte jetzt nur noch eine einfühlsame Freundin sein.

»Liebe? Was heißt hier Liebe?« Regina machte eine abwehrende Handbewegung. Die Anteilnahme Stefanies war ihr sichtlich lästig.

»Das war keine Liebe, Stefanie, das war einfach ... zusammen ins Bett gehen, zusammen reden ... nie werde ich die Frühstücke mit ihm vergessen, in irgendwelchen Hotels, den ganzen Tag saßen wir da, in Hotel-Bademänteln, ham and eggs and love, ...«

»... bread, butter and champagne ...«, summte Sibylle.

»Du hast ihn geliebt«, rief Stefanie triumphierend, während Herrmann leise aufstöhnte.

»Quatsch, Stefanie, das hat mit Liebe nichts zu tun, überhaupt nichts. O.k., es war das Beste in meinem Leben, die Frühstücke mit Bier und Korn und ein Lover, der wußte, was man mit einer Frau macht ...« Reginas Stimme zitterte ein bißchen, wütende Tränen standen in ihren Augen, »... schließlich ist das keine Kunst, wenn man mit vierhundert Frauen geschlafen hat, dann kann man das eben, das Liebemachen ...«

»Und André? Schließlich hast du ihn auf die Welt gebracht und das ja wohl nicht ohne Grund. Da war Liebe im Spiel, Regina!«

»Ist das hier ein Verhör?« fragte Sibylle.

»Aber sicher, in bester katholischer Tradition, nur ohne Absolution . . .«, sagte Herrmann.

»Was soll das, das *ist* keine Liebe. Da war nur manchmal so eine – eine Nähe . . .« Regina rang nach Worten. Zum ersten Mal heute abend, dachte Stefanie.

»Liebe – Nähe – achachach . . .«, jammerte Sebastian.

»Da gibt's doch auch Bücher drüber«, schaltete sich Herrmann ein, »über die Nähe, warten Sie mal, von der Albern-Wibrinitz oder wie heißt die noch gleich . . .«

»Alllbern-Wibri . . .« – Sebastian lachte erschöpft in sich hinnein.

»Ich brauche keine Bücher, das ist alles vorbei, game over und Ende.« Regina angelte sich die Champagnerflasche und füllte ihr Glas.

»Lass' sie doch in Ruhe, sie ist schon o.k.«, sagte André, der Reginas Beichte ohne erkennbare Gemütsregungen angehört hatte. Stefanie sah ihn überrascht an.

Regina lächelte dankbar. »Ach, mein kleiner Ritter . . .«, seufzte sie.

»Du bist voll das Chaos, aber das ist immer noch besser als diese betonierten Dauerwellen mit Vorgarten«, sagte André.

»Ja, mein Hase, wir müssen zusammenhalten.« Reginas Stimme klang weich.

»Was für eine Idylle«, sagte Sibylle mit unfrohem Lächeln.

»Selbst das Internationale Rote Kreuz hätte diese Familienzusammenführung nicht schöner inszenieren können«, spottete Herrmann.

»Fehlt nur noch der Herr Papa . . .«, bemerkte Stefanie träumerisch.

»Ach, der läge doch jetzt schon unterm Tisch«, sagte Sibylle.

»Aber ist es nicht bezeichnend, daß wir mit jeder großen Liaison nicht nur das Bett, sondern vor allem auch den Tisch verbinden?« fragte Herrmann. »Bei Frau von Kresswitz waren es die Frühstücke, bei anderen ist es das Souper . . . ich denke, darüber sollte man mal ein Buch machen – Tisch und Bett, doch, der Gedanke gefällt mir.«

»Tisch und Bett, ist das nicht ein Film? Von Godard?« fragte Sibylle.

»Nein, Truffaut. – Ein Buch!« sagte Stefanie verächtlich. »Ich glaube, daß unserem verehrten Sebastian heute abend mehr Ideen zugetragen wurden, als er in einem ganzen Jahr bewältigen kann.«

»Aber, liebe Stefanie, wer spricht denn von Sebastian Theen?« fragte Herrmann, und seine Stimme klang derart freundlich, daß es geradezu unheimlich war.

»Wie meinen Sie das?« fragte Sibylle. Sie wurde plötzlich hellwach.

»Nun, die Gerüchte vom Konkurs des Literatur-

Kontors sind ja durchaus kein Geheimnis«, antwortete Herrmann.

»Mooooment, Herrgrünberg!« schnarrte Sebastian. »Ich bin längst konnnsollidiert, bitte doch sehr um Distinksoon!« Er straffte sich. Es ging um seine Ehre.

»Sicher, Herr Theen. Aber dieses doch wohl nur, weil ein ungenannter stiller Teilhaber eingestiegen ist. Ein Liebhaber, gewissermaßen, der einige Ambitionen hat und Ihnen freundlicherweise die Bürde der Programmgestaltung abnehmen wird.«

Sebastian starrte verblüfft in Herrmanns vogelartiges Gesicht. Dann schlug er mit der flachen Hand auf den Tisch. Die Gläser klirrten.

»Mein Herr«, rief er, »hier sinn Spizzzl unn Spione am Werk: Woher wissnnn Sie das und woher nehmmm Sie die Frechheit, das hier in aller Öffnnlichkeit zu saaan?«

Alle blickten Herrmann an. Langsam nahm er sich eine Zigarette und zündete sie an. Drei perfekte Rauchringe schwebten kurze Zeit später über dem Tisch.

»Weil ich seit gestern genau sechzig Prozent Ihres Verlags halte.«

Augenblicklich war es totenstill.

Sebastian starrte auf die Rauchringe. Dann begann es in seinem Gesicht zu zucken. Zuerst die Mundwinkel, dann die Augenbrauen, dann war sein ganzes Gesicht entfesselt, und schließlich brach es sich Bahn, ein irrwitziges, gespenstisches Kichern, ein hohes, tierartiges Klagen, das ihn schmerzlich und zwanghaft schüttelte. Diesmal war er mit seiner Lachlust und Lachqual allein, und es schien, als ob er niemals wieder aufhören könnte. Alle starrten betreten auf das Tischtuch.

Schließlich nahm Sibylle seine Hand und streichelte sie sanft.

»Schtt«, sagte sie, wie eine Mutter zu ihrem Kind, »ist nicht so schlimm, schtt . . .«

»Ich sag' doch die ganze Zeit, der hat uncleanes Zeug erwischt«, flüsterte André.

»Halt du dich da 'raus!« zischte Regina. Herrmann, ausgerechnet Herrmann. Verdammt, sie hatte aufs falsche Pferd gesetzt. Byebye, Katalog . . .

Stefanie zog den Bauch ein. »Also, Herrmann, das ist aber wirklich eine – nun, eine Überraschung«, sagte sie zögernd.

Herrmann deutete eine Verbeugung an. »Es ist mir durchaus eine Ehre, Sie zu verblüffen«, erwiderte er.

Stefanie streifte Sebastian mit einem kalten Blick. Schleicht sich hier einfach ein, der Theen, so ein Etikettenschwindler. Das ist doch wohl die Höhe. Da kocht man und macht man und dann das.

Sebastians Ausbruch verebbte langsam. Gedankenverloren starrte er auf seine Hand, die Sibylle noch immer mütterlich streichelte.

»Sie sinnn gut zu mir, Sii-bylle«, sagte er leise, mit einem trockenen Schluchzen in der Kehle.

Niemand hatte das zarte Klopfen an der Eßzimmertür gehört.

»Ist es möglich zu gehen, Frau Krug?«

Marias Stimme war melodiös und freundlich, wie immer. Alle fuhren herum und starrten auf die kleine, zierliche Person, die so unschuldig wirkte wie Neuschnee.

Stefanies Augen verengten sich zu Schießscharten. Maria trug einen Mantel, den Stefanie ihr einmal geschenkt hatte, ein Designerstück, das sie selber nie getragen hatte, weil die Farbe ihr nicht stand, ein Spontankauf, für den sie sich noch dazu so schämte, daß sie den Mantel nicht einmal in den Laden zurückgebracht hatte. Maria sah darin wie eine kleine Fürstin aus, und sie benahm sich auch so.

»Es ist spät«, sagte Maria leicht ungehalten, wie eine Schauspielerin, die zwischen zwei Proben die Königinnenrobe anbehalten hat und, erfüllt von der Aura des Kostüms, herablassend mit dem Regisseur spricht. Alle Devotheit war von ihr abgefallen. Und die Vorfälle in der Küche schienen für sie überhaupt nicht zu existieren.

Ohnmächtiger Zorn brannte in Stefanies Augen. »Wir rechnen später ab, Maria«, sagte sie mit mühsam gespielter Beherrschung. Was für ein Fehler, Maria diesen Mantel zu schenken.

»Einen schönen Abend wünsche ich Ihnen«, sagte Maria huldvoll und verließ mit anmutigen Schritten das Zimmer.

»Stil hat sie ja, die kleine Küchenschlampe«, flötete Regina schadenfroh.

»Ein nettes Mädchen«, sagte Herrmann anerkennend. »Es ist ja heutzutage überaus schwer, Personal zu finden, aber Sie, verehrte Stefanie, haben offenbar eine glückliche Hand.«

Stefanie atmete viel zu flach, aber es ging jetzt nicht anders. So eine Frechheit, dachte sie empört. Wie konnte dieses Flittchen noch die Stirn haben, hier zu erscheinen.

»Eine glücklihe Hand, ja, das isses, was ich habe, eine so wunnndebaa glücklihe Hand . . .«, stammelte Sebastian und betrachtete selbstvergessen seine Hand, die noch immer von Sibylle gestreichelt wurde.

»Oh, ich würde das für jeden tun«, sagte Sibylle und genoß sichtlich die Grausamkeit dieses Satzes.

»Neinnein, dassiss nich wahr!« rief Sebastian.

Bittend sah er Sibylle an. Laß alles wieder gut werden, flehten seine Augen. Rette mich.

»Es geht doch nichts über die produktive Kraft des Verzweifelns«, sagte Sibylle bitter. Sie lehnte sich zurück, verschränkte die Arme und betrachtete Sebastian.

»Sii-bylle, beste Sii-bylle . . .«, Sebastian verstummte unter Sibylles Blick.

Jetzt reicht's, dachte sie. So ein Blindgänger. Haben Sie jemals geschrieben, beste Sibylle? Daß ich nicht lache. Der Herr der Bücher, da sitzt er nun, ohne Reich und ohne Knappen.

»Oh, ihr parfümierten Fingerkuppen«, begann sie zu sprechen, und es war klar, daß sie Sebastians kostbaren Tonfall imitierte, »ihr blassen, leicht feuchten Nägel, oh, schmal- und angstbrüstiger Körper, spärlich behaart, – jedoch die glatte Seidigkeit in den schmalen Höhlen der Nase, im Geheimnis der Achselhöhlen und im schütteren Schamhaar. Kein Lächeln kann dich retten, es wird kein Frühstück geben, keine Umarmung in der Morgensonne, keinen Brunftgeruch zwischen verdrückten Kissen, nein, nein.«

»Und kein Buch«, ergänzte Herrmann.

Sebastian schluchzte auf. Er setzte seine Brille ab und schneuzte sich.

»Manchmal glaube ich, daß wir von irgendwem zum Leben verdonnert sind«, sagte Sibylle.

»Genau, irgendwer hat sich da was ziemlich Linkes ausgedacht!« pflichtete André ihr bei. Niemand achtete auf ihn.

»Und die Männer«, fuhr Sibylle fort, »die sind entweder Gigolos, Weicheier, verheiratet oder alles zusammen.« Sie lachte bitter. »Oder schwul.«

»Aber Sibylle«, Stefanie war schockiert und doch neugierig, warum Sibylle so roh sprach. »Gab es denn nichts Schönes in Ihrem Leben? Mit Männern, meine ich, mit einem Mann, mit *dem* Mann?«

Regina entfaltete theatralisch ihren Fächer. »Tja, Stefanie«, sagte sie süß, »die ganz große Affäre, die kommt nicht bei jedem so entlangspaziert . . .« Ein triumphierendes Lächeln spielte um ihre Lippen.

»Ach, wie schade, Sibylle, keine große Leidenschaft? Dann kommt auch keine mehr . . .«, sagte Stefanie voller Mitleid.

Sibylle griff mechanisch zum Glas. Ein Reigen blasser Gesichter tauchte vor ihr auf, Gesichter von Männern, nach denen sie sich einst gesehnt hatte und die allesamt wieder aus ihrem Leben verschwunden waren. Sie trank gierig, und die Gesichter begannen zu lächeln, zu sprechen. Ihr schwindelte, sie spürte, daß alle am Tisch sie anstarrten. Was wußten die denn. Was hatten die denn erlebt.

»Doch, doch –« Sibylles Stimme wurde heiser.

»Da war ein Mann. One in a million.«

Sie schluckte.

»Manchmal bei unseren so seltenen Frühstükken . . .«, sie tastete abwesend nach einer Zigarette, ». . . da führte er die Serviette zum Munde, auf diese leicht nachlässige Art, und ich senkte dann die Augen und dachte, ich werde verrückt, und er sah, wie ich die Augen niederschlug, so rein und so zart, und er dachte, ich werde verrückt, und er sagte, ich werde sehr schlecht zu dir sein, er sagte es und er lächelte nicht und ich lächelte nicht, und die Servietten glitten zu Boden.«

Sibylle nahm ihre Serviette und tupfte sich die Augen.

»Ein bißchen preziös – aber immerhin, ich sag's ja, der Tisch steht im Zentrum und nicht das Bett«, warf Herrmann ein.

Sibylle beachtete ihn nicht. »Ein einziges Mal sind wir ein paar Meter Arm in Arm die Straße hinuntergegangen. In einer fremden Stadt. Es war Sommer.«

»Aha. Ein verheirateter Mann«, sagte Regina von Kresswitz, und lächelte schlau.

»Sei still, um Himmels willen, sei still!« rief Stefanie atemlos. Noch nie hatte sie Sibylle in solch einer Verfassung gesehen.

»Und der glücklichste Moment«, schluchzte Sibylle, »das war irgendwo im Süden, in diesem kleinen Restaurant, ich war ja immer so vorsichtig, so ängstlich, er aber – er nahm ein kleines Salzfaß und stellte es zu einem großen. ›Ich glaube, die Dame zieht jetzt mal zum König‹, hat er gesagt. Dann stellte er den Pfefferstreuer dazu. ›Und der Turm bewacht sie beide‹, worauf er meine Hand in die seine nahm. Einfach so.« Tränen liefen über ihre Wangen.

»Betrogene Geliebte und betrogene Betrogene«, so ist das – la vida, la vida. Aber die Geschichten sind hübsch, nein wirklich, vielleicht komme ich noch mal darauf zurück ...«, sagte Herrmann anerkennend.

Sibylles Schultern bebten. Sebastian reichte ihr sein feuchtes Stofftaschentuch.

Sibylle preßte das Tuch an ihre Augen und sprach weiter, geradezu zwanghaft, als könnten ihre Bekenntnisse sie von einem geheimen Bann erlösen. »›Und wenn ich tot bin?‹ fragte er. ›Ich stelle deine Asche auf den Kaminsims‹, sagte ich. Er lächelte.

›Weißt du was‹, sagte er, ›lass' meine Asche einschmelzen und einen Dildo daraus gießen, das würde mir gefallen‹.«

Sibylle weinte nun hemmungslos und ließ es geschehen, daß Sebastian sie in seine Arme nahm.

Dann war es still.

Stefanie betrachtete die beiden. Die hatten sich gesucht und gefunden. Sie sah zu André. Noch immer war er zum Anbeißen. Aber der Zauber war dahin.

André spürte ihren Blick und suchte linkisch ihre Hand. Stefanie wandte sich ab und begann, Brotkrümel zu kleinen Haufen zu formen.

»Das mit der Asche finde ich genial, wirklich«, brach Regina das Schweigen. »Nette Idee, eigentlich.« Dann fischte sie einen Handspiegel aus ihrem Beutel und zog sich bemerkenswert schnell die Lippen nach. »Das Leben ist manchmal eine Mogelpakkung«, sagte sie und preßte geschäftig die frisch geschminkten Lippen aufeinander. »Nicht wahr, Stefanie? Übrigens, bevor ich's vergesse – sehen wir uns morgen früh bei Greta? Ich meine, Brunch ist ja eigentlich total out, sie hat's mal wieder verschlafen, die Gute, daß man jetzt wieder zum Lunch einlädt . . .«

»Aber gewiß sehen wir uns«, antwortete Stefanie, ohne weiter nachzudenken. »Was ist mit Ihnen, Sebastian?«

Sebastian streichelte mechanisch Sibylles Rücken, so wie man einen Hund streichelt. »Aber ja, ganz entschiennnn: Ja!«

»Greta ist Ehrensache«, meldete sich Herrmann zu Wort. »Außerdem – was soll man schon machen an diesen furchtbaren Sonntagen?«

»Dann sehen wir uns ja alle wieder«, sagte Regina, erhob sich rasch und warf mit geübten Bewegungen ihren lachsfarbenen Schal um.

»Mit an Dummheit grenzender Wahrscheinlichkeit«, sagte Herrmann.

»Und Montag ist Premiere – Müller-Lansky schlägt wieder zu«, fügte Stefanie reflexhaft hinzu.

»Und nächsten Samstag, der Stammtisch bei Mario, wie immer?« schluchzte Sibylle, deren Kopf aus Sebastians Armen auftauchte.

»Aber sicher, Süße«, zwitscherte Regina.

»Was, ihr wollt euch alle wiedertreffen? Ich meine – nach diesem Trümmerabend?« fragte André.

Herrmann hob die Augenbrauen. »Katastrophen am laufenden Band, junger Freund, aber keine Katharsis«, sagte er knapp.

Regina drückte Stefanie einen Kuß aufs Blondhaar und eilte zur Tür.

»Jetzt muß ich aber dringend mal telephonieren, in New York sind sie alle noch hallowach, komm' André, wir schmeißen uns in ein Taxi, ich mach' schnell den Telephonheimer, und dann nehmen wir noch einen kleinen Nightcup bei Trixie, okeydokey?«

»Schon gut, laß uns noch einen losmachen«, sagte André und erhob sich. Eilig langte er nach seiner Lederjacke.

»War nicht schlecht, Lady«, verabschiedete er sich von Stefanie. Er beugte sich kurz zu ihr hinunter und huschte einen winzigen Kuß auf ihre Wange. »See you.«

Stefanie saß wie versteinert da. »Ciao bello«, sagte sie tonlos.

»Ich brinnng Siiibylle nach Hause, das arme Ding«, verkündete Sebastian.

Schwankend erhob er sich und stützte, so gut es ging, Sibylle, die noch mit den Tränen kämpfte.

»War toll, Stefanie«, nuschelte sie schniefend und ließ sich von Sebastian in ihre Kostümjacke helfen.

»Es war ein wunderbarer Abend, werte Stefanie«, fiel Herrmann in den Chor des Abschieds ein. Er erhob sich und verbeugte sich kurz. »Vielen herzlichen Dank, auch für das köstliche Essen – Bagatellesalat an Bastardsauce, das war eine wirkliche kulinarische Überraschung. Übrigens – wenn Sie Ihre Kritiken noch einmal nachdrucken lassen wollen – dann hören Sie auf den Rat eines Ihnen ergebenen Freundes und warten Sie noch ein Weilchen. Ich habe soeben mit Schmilinsky einen Vertrag abgeschlossen. Seine gesammelten Kritiken erscheinen im nächsten Herbst im Literatur-Kontor. Taxen gibt es doch um die Ekke?« – »Ja – ja, gewiß«, antwortete Stefanie überrumpelt.

Eine Minute später war sie allein.

Langsam goß sie sich ein Glas Champagner ein. Aufmerksam beobachtete sie das Spiel der kleinen

Perlen, die es furchtbar eilig hatten, nach oben zu kommen, um dann unwiderruflich zu zerplatzen.

Sie schleuderte das Glas an die Wand mit dem Diptychon. Dann schleppte sie sich ins Badezimmer.

Eine Weile blieb es still. Nur das Geräusch der Dusche war zu hören.

Dann trat Theophil ins Eßzimmer. Er musterte das Durcheinander halbleerer Gläser, zerstreuter Brotreste, die Rotweinflecken, die vollen Aschenbecher. Regina hatte ihren Fächer liegenlassen. Eine Zigarettenpackung lag vergessen in der Wüstenei.

Theophil nahm sich eine Zigarette und zündete sie an. Er versuchte, einen Rauchring zu formen, doch alles, was er zutage förderte, war eine formlose kleine Wolke.

Verstohlen rieb er Asche in den Teppich. Es würde lange dauern, bis die Wohnung wieder ihm gehörte. Er warf die Zigarette aus dem Fenster.

Stefanies Rezepte

– Alle Rezepte für sechs Personen –

VORSPEISE

Entenbrust an Blattsalaten

3 Flugentenbrüste
Olivenöl, kalt gepreßt
Pfeffer und Salz
Radicchio, Eichblattsalat, Rucola, Frisée, Kirschtomaten

Für die Vinaigrette:
Haselnußöl, Aceto Balsamico, ein Spritzer Zitrone,
3 feingewiegte Schalotten,
1 Teelöffel Dijon-Senf, Pfeffer und Salz

Stefanie löst die Entenbrüste mit entschlossenen Schnitten vom Knochen und befreit sie von überflüssigem Fett und lästigen Häuten. Ein Verfahren, das erfahrene Köche ablehnen, da Fett bekanntlich ein Geschmacksträger ist, doch Stefanie hat nun mal einen unüberwindlichen Widerwillen gegen sichtbares Fett am Fleisch. Dann erhitzt sie in einer gußeisernen Pfanne Olivenöl, bis es leicht raucht, und brät die Brüste unter mehrmaligem Wenden so kurz, daß das Innere einen delikaten Rosenholzton behält. Sie salzt und pfeffert die Brüste und stellt sie warm.

Die Zutaten der Vinaigrette gibt sie in ein leeres Marmeladenglas, verschraubt es sorgfältig und mischt alles durch energisches Schütteln.

Kurz vor dem Servieren zupft sie die gewaschenen Salate in kleine Stücke, verteilt sie auf gewärmten Tellern, gießt die Vinaigrette darüber und richtet die aufgeschnittenen Entenbrüste daneben an. Dazu reicht sie warmes italienisches Brot.

ZWISCHENGERICHT

Lachs auf Lauchjulienne

6 Scheiben Lachs, quer zur Rückengräte geschnitten
8 Stangen Lauch
zerlassene Butter
Pfeffer und Salz
1 Zitrone
100 g Crème fraîche
frisches Basilikum

Für den Fischsud:
ein halbes Pfund Fischköpfe – bevorzugt Lachsköpfe – und Seezungengräten, 1 Stange Lauch, 2 Knoblauchzehen, 1 feingewürfelte Zwiebel, 1 Lorbeerblatt, Butter; 1 Flasche Rheingauer Riesling, 1 Liter Instant Gemüsebrühe

Für die Vorbereitung des Fischgangs streift sich Stefanie zunächst einmal durchsichtige Plastikhandschuhe über, denn sie ist stolz auf ihre perfekt gepflegten Hände, und nichts fände sie schlimmer, als wenn sie eine nach Fisch riechende Hand zum Handkuß reichen müßte. Sowohl Sebastian als auch Herrmann pflegen diese Form der Begrüßung, das weiß Stefanie.

Sie spült die Lachsscheiben unter fließendem Wasser ab und entfernt dabei hellblinkende Schuppen, dann schneidet sie die Mittelgräte heraus und zupft mit einer Fischpinzette kleinere Gräten aus dem Lachsfleisch, eine mühselige und ziemlich entnervende Angelegenheit, die jedoch durch einen ungetrübten, grätenfreien Genuß bei Tisch belohnt wird.

Die Lauchstangen schneidet sie in streichholzartige Stiftchen, blanchiert sie und läßt sie auf einem Sieb abtropfen.

Sie gibt die Lauchjulienne in eine große feuerfeste Form, die sie mit ein wenig zerlassener Butter ausgepinselt hat, salzt und pfeffert, dann legt sie die Lachsscheiben darauf. Auf den Lachs gibt sie ein paar

Spritzer Zitrone, Pfeffer und Salz, dann ein Kleckschen Crème fraîche und ein Basilikumblatt.

Für den Fischsud brät sie die Zutaten in einem gußeisernen Topf an, löscht mit dem Wein und der Brühe ab und läßt das Ganze zwei Stunden auf kleiner Flamme köcheln – bis nach dem Passieren durch ein Sieb schätzungsweise etwa drei Tassen Sud übriggeblieben sind. Anschließend riecht die Wohnung noch tagelang nach Fisch, doch seitdem Stefanie erlebt hat, daß selbst professionelle Esser ihren Sud gelobt haben, kocht sie ihrem Ruf hinterher, den Gästen weit mehr zu bieten als eine ambitionierte Hausfrauenkost.

Etwa zwanzig Minuten vor dem Servieren schiebt sie den vorbereiteten Lachs in den Ofen, bei 225 Grad, holt ihn nach etwa 18 Minuten wieder heraus, gibt je eine Lachsscheibe und etwas Lauchjulienne auf gewärmte Teller und gießt etwas Sud an.

HAUPTGERICHT

Lammrücken in Honig
Kartoffelgratin

1 ausgelöster Lammrücken, mit Rückgrat
1 Glas Honig erster Qualität
Kräutermischung »Herbes de Provence« (mit ge trocknetem Lavendel)
6 zerdrückte Knoblauchzehen

Olivenöl, kalt gepreßt
Pfeffer und Salz
Für das Kartoffelgratin:
1 Kilo Kartoffeln bester Qualität, z. B. Bamberger Hörnchen
2 Becher süße Sahne
6 feingewürfelte Knoblauchzehen
Pfeffer und Salz
getrockneter Salbei
Zimt

Auch den Lammrücken sucht Stefanie peinlich genau auf Fett und Häutchen ab. Sie legt die beiden Fleischstränge in eine Porzellanform und reibt mit bloßen Händen den Honig ins Fleisch, was ein ziemlich klebriges Unterfangen ist, aber irgendwie sinnlich, wie Stefanie bei Tisch zuweilen erzählt. Anschließend wäscht sie sich ausgiebig die Hände. Die honigtriefenden Fleischstreifen würzt sie mit Kräutern, Knoblauch, Pfeffer und Salz, und beträufelt sie mit Olivenöl. Das Ganze läßt sie einige Stunden marinieren. Dann legt sie das Fleisch vorsichtig auf den Knochen zurück, hebt den ganzen Rücken auf den Brateinsatz des Backofens und läßt ihn bei 225 Grad etwa 25 Minuten im Ofen gar werden – wiederum nur bis zur rosa Färbung des Inneren.

Zwischendurch begießt sie das sensible Lamm noch einmal mit Olivenöl, um einer möglichen Austrocknung vorzubeugen.

Vor dem Servieren läßt sie das Fleisch – ohne das Rückgrat – unter Alufolie etwa zehn Minuten auf einer vorgewärmten Platte ruhen. Währenddessen gießt sie den Bratfond durch ein Sieb in eine Kasserolle, fügt Rotwein hinzu, reduziert auf ein Minimum und montiert zum Schluß ein paar eiskalte Butterflöckchen ein. Sie umgießt den Lammrücken mit dem Fond und holt das Kartoffelgratin aus dem Ofen, das schon eine halbe Stunde vor dem Lamm dort hineingeschoben wurde.

Für das Kartoffelgratin nimmt Stefanie eine feuerfeste Form, die sie sparsam gebuttert und mit dem Saft der zerdrückten Knoblauchzehen aromatisiert hat. Die Kartoffeln schält sie – das heißt, meistens tut das Maria oder ein anderer Küchensklave – und schneidet sie in exakte Scheiben, die, dekorativ gefächert, roh in die Form kommen. Darüber gießt Stefanie die Sahne, bis die Kartoffelscheiben gerade eben bedeckt sind. Sie pfeffert, salzt und dann, ja, dann kommt ein Geheimtip von Maître Haferbeck persönlich. Keine Schwindelei diesmal, sondern ein erlesener Zaubertrick des Gourmet-Großmeisters. Vor einigen Jahren hatte Haferbeck ihr in einem schwachen Moment verraten, warum sein Kartoffelgratin so einzigartig und überwältigend schmeckte: Es lag an der Kombination von Zimt und Salbei. Besonders Zimt ist hier der überraschende Stargast, da dieses Gewürz sonst meist in der Kombination mit Zucker auftritt, im Zusammenhang mit Salzigem aber seine Identität selbst geübten Essern nicht preisgibt. Stefanie weiß, daß sie damit selbst gelangweilte Gaumen verblüffen kann – vorausgesetzt natürlich, die Gäste nehmen nicht nur sich selbst, sondern auch das Essen wahr.

Auf diesen Gang ist Stefanie zu Recht ziemlich stolz.

DESSERT

Illustrierte Limettenmousse

6 große Eier
6 Eßlöffel Zucker
Saft von 6 Limetten
3 Gläschen Cointreau
8 Blatt Gelatine
150 g süße Sahne
24 Physalisfrüchte
1 Honigmelone
weißer Rum
Kakaopulver

Stefanie trennt die Eier und verrührt die Eigelbe im warmen Wasserbad mit dem Zucker. Dann gibt sie Limettensaft und Cointreau hinzu, trinkt nebenbei ein Schlückchen von dem Likör und löst schließlich die eingeweichte und ausgedrückte Gelatine in der warmen Masse auf. Diese Cremebasis stellt sie kalt.

Dann schlägt sie die Sahne steif und die Eiweiße zu festem Schnee, wobei sie heimlich ihre gute alte Küchenmaschine benutzt, wenn auch die Haferbeck-Fraktion auf eine Metallschüssel nebst Metall-Schneebesen schwört.

Wenn in der Cremebasis ein Messerschnitt eben sichtbar bleibt, hebt Stefanie vorsichtig den Eischnee und die geschlagene Sahne unter und stellt das Dessert noch einmal für ein paar Stunden in den Kühlschrank.

Die Melone schneidet sie in feine Spalten, was wiederum eine Küchenfee machen kann. Die Physalisfrüchte befreit Stefanie von den Blütenblättern, was schade ist, denn die mürbe angewelkten Blüten machen sich ausnehmend gut auf dem Teller. Zum Servieren siebt sie das Kakaopulver auf große weiße Teller, sticht mit einem Eßlöffel jeweils eine Portion Mousse ab, die sie auf den Teller gleiten läßt, und illustriert ihr Dessert mit den Melonenspalten und den Physalisfrüchtchen. Über die Melone träufelt sie abschließend weißen Rum.

Selbstverständlich besitzt Stefanie eine chromblinkende Espressomaschine, mit der jede italienische Caffè-Bar Ehre einlegen würde. Zum Espresso reicht sie

Mandelhippen mit Schokoladen-Fondant

75 g Mehl
125 g Puderzucker
200 g Marzipanrohmasse
1 Eiweiß
50 ml Milch
das Mark einer Vanilleschote
200 g Schokoladenfondant

Stefanie wiegt die Zutaten sehr genau ab, dann siebt sie Mehl und Puderzucker und mischt beides unter die Marzipanmasse. Zunächst mit dem Löffel, mit zunehmender Erschöpfung aber mit dem Mixer arbeitet sie das Eiweiß hinein. Das Vanillemark läßt sie kurz in der Milch aufkochen und gibt die erkaltete Milch zu der trägen Masse. Den Teig rollt sie aus, sticht mit Hilfe eines Bierglases Kreise aus, und legt diese Kreise auf ein Backblech, das sie gebuttert und mit Mehl bestäubt hat. Bei 200 Grad läßt sie die Hippen bräunen. Nach circa 10 Minuten nimmt sie das Blech aus dem Ofen, läßt die Hippen ein wenig abkühlen und formt vorsichtig kleine Tüten. Die schiebt sie dann wieder in den Backofen und läßt sie goldbraun werden. Sind die Hippen ausgekühlt, erhitzt Stefanie den Schokoladen-Fondant und träufelt in die Öffnungen der Tüten jeweils einen üppigen Klecks. Die Begeisterung der Gäste für dieses kleine Kunstwerk der Patisserie ist ihr zumeist gewiß – um so ärgerlicher, daß Sibylle ihr diesmal mit der dunklen Schokolade den großen Auftritt verpatzt.

Aber jeder, der regelmäßig Freunde bekocht, weiß um die Tücken des Gesetzten Essens; wobei es am erstaunlichsten ist, daß trotz durchaus vorhersehbarer Fährnisse immer wieder dieselben Menschen aufeinandertreffen. Wie sagte noch Oscar Wilde: »Freundschaft ist tragischer als Liebe. Sie dauert länger.«

Christine Eichel
Schwindel

Roman

Im geschliffenen Dialog mit einer Gefängnispsychologin legt ein hochbegabter Barpianist, Heiratsschwindler und Frauenmörder seine Beichte ab und versucht sein Glück ein weiteres Mal: Der Virtuose der Verführung setzt all sein Können ein, um den Kopf aus der Schlinge zu ziehen. Rasant, spannend, unterhaltsam und abgründig – ein Roman wie eine Achterbahnfahrt.